かぎろいの島

緒音百《おおさもも》

「昔、陽炎島に鬼の一族が漂着したんだそうです」

「鬼？」

「ええ。鬼だと聞いています」

まるで家畜じゃないか

私達は、異人さんに呪われているのよ

「異
だから、夜には「異人」に顔を白
彼らの姿に似せるために顔を白
異人さんを模した皮面を被り、
異人さんの振りをさせるの。
それが私達の身を護る方法なのよ。
島のみんなも異人さんのことを恐れて、
夜に出歩くときには皮面を被るわ」

竹書房

かぎろいの島

緒音百

竹書房

目次

登場人物紹介

津雲　佳人（つくも　よしと）
新進気鋭の小説家。ベストセラーとなった最新作の映画化を控えている。本名の姓は白。父が他界したのちは天涯孤独に生きてきた。

小車　結子（おぐるま　ゆうこ）
東京の出版社に勤める女性。佳人の担当編集者になって付き合いが長く、半ば友人に近い態度で接している。

元　河彦（はじめ　かわひこ）
ロケコーディネーター。小車の紹介で、佳人の小説の映画制作に携わる。

白　恵利子（つくも　えりこ）
佳人の小説を読み、佳人が行方不明になっている弟の息子ではないかと出版社宛てに手紙を送る。陽炎島在住。

白　祥（つくも　あきら）
佳人の父親。佳人が小学生の頃に割腹自殺をした。

白　みのり（つくも　みのり）
陽炎島で暮らす佳人の従姉。

白　ハル（つくも　はる）
みのりの妹。

白　セイ（つくも　せい）
みのりの弟。

かぎろいの島

※本書は、小説投稿サイト〈エブリスタ〉と竹書房のコラボ開催による長編ホラー小説コンテスト「第三回最恐小説大賞」の受賞作です。

物語はフィクションです。登場する人物・団体・名称は架空であり、実在のものとは関係ありません。

序章

——一九九八年十二月

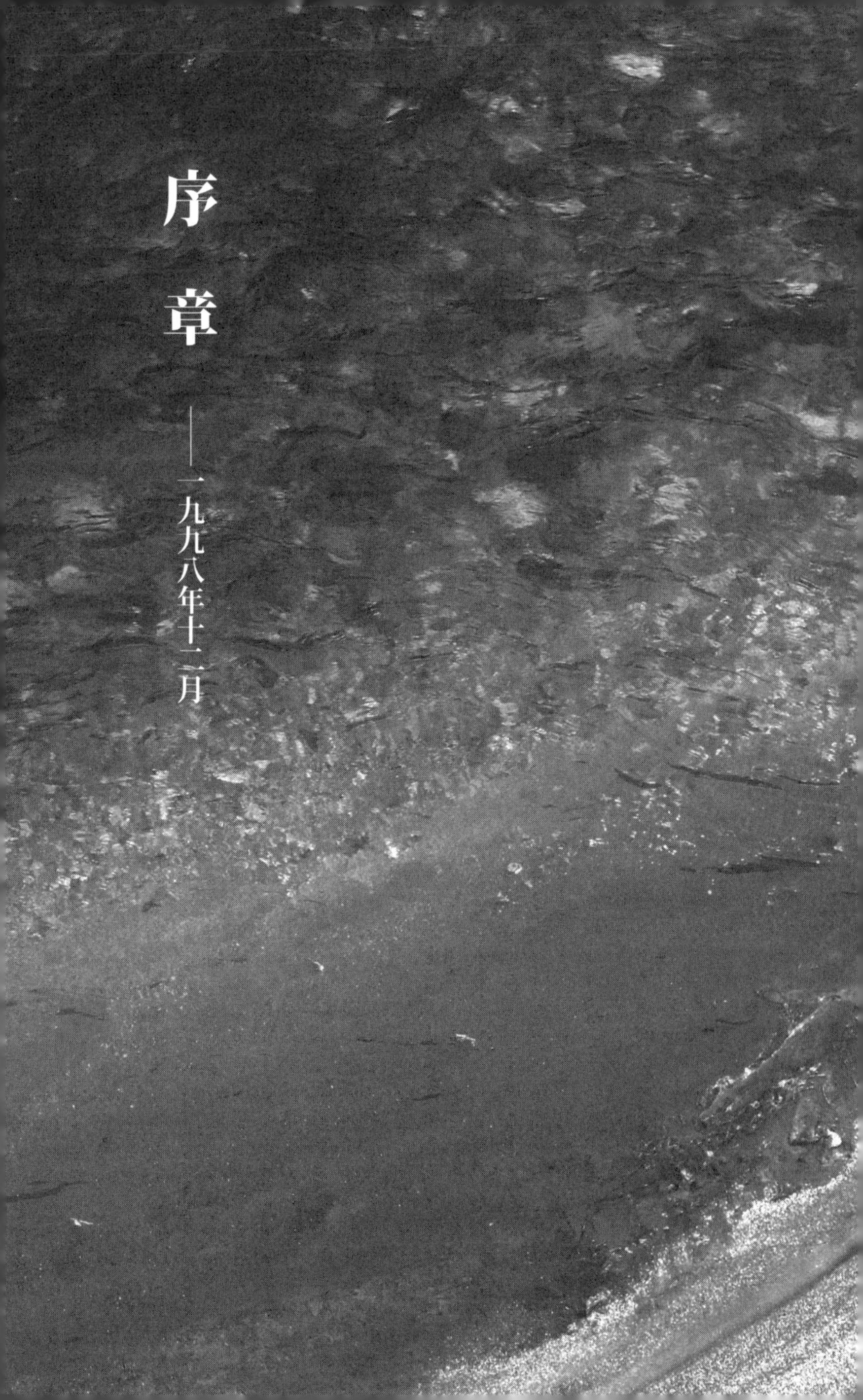

それは家族写真だった。

中央に着物姿の男を捉えている。青年期特有の強気な三白眼、すっと通った鼻筋、女のように華奢な首元。

男は、若い頃の父親だ。

両脇を幼い子どもに挟まれ、ぎこちなく微笑んでいる。

父の左脚に纏わり立つ少女——白い丸盆を持ち、真っ直ぐにこちらを見つめている。肩で切り揃えられた髪。子どもらしくふっくらした頬の輪郭。まるで日本人形のように可愛らしい風貌であるが、彫りの深い両瞳だけはどこか異国情緒を感じさせた。

その反対側で所在無げに佇む少年は、幼少時の自分だ。脱いだ草履を踏ん付け、カメラから逃げみたいに逸らされた眼付き。こうして並び立つと、自分は父によく似ている。

彼は写真を机上に置いたまま、落ち着かない様子で手狭なワンルームを右往左往としていた。書物がびっしりと詰まった棚から一冊の本を抜き取り、無造作にページを捲ったかと思えばすぐに閉じ、書棚には戻さず机上に置く。

本の表紙には現代アート風に記号が散りばめられ、三、四人の人間が寄り添った画が描かれている。

二年前、とある小さな出版社から世に出された彼の処女作。

――『ファミリーフォトグラフィ』、津雲佳人《つくもよしと》。


佳人は家族写真を眺め、苛立ち混じりの息を吐いてから本の表紙に目を遣った。どちらも家族の肖像ではあるが、その性質は大きく異なる。

現実の家族と、虚構の家族――いや、佳人にとってはどちらも虚構だろう。

見知らぬ少女。

物心付く前の自分。

そしてなにより――柔和に微笑む父。

写真の父は、佳人が知るどの顔とも合致しない。記憶の中の父といえば酒に酔った赤ら顔か、暴力を振るうときの鬼の形相、そして幻覚幻聴に怯える泣きっ面。酒と妄想と暴力に溺れた挙句に亡くなった、糞ったれの親父だ。

母は生まれる前からいなかった。母の所在を尋ねると父は決まって機嫌を損ねるので、佳人は母なんぞはじめからいなかったものと思うようにしていた。

佳人に温かな家族の思い出はない。

そんな佳人が上梓した小説は、彼が空想の中だけで組み上げた架空の家族の物語だった。

ありふれた日常と幻想的な自然描写のドラマティックな調和が話題を呼び、出版社の予想を裏切って徐々に売上を伸ばした。無名の青年による処女作は、ベストセラーとまでは言わないまでも性別問わず幅広い年齢層に読まれる運びとなり、映画の制作も決まっている。公開は二十一世紀を迎えてからになるそうだ。


出版社の編集担当である小車結子《おぐるまゆうこ》から連絡があったのは、先週末のことだった。

業務連絡のEメールに目を通し終えたあと、佳人はぎこちない指の動きでキーボードを叩き、消しては打ちを繰り返し、なんとかメッセージを書き上げて返信した。Eメールとやらには未だ慣れない。最初に印税をもらった際、小車の強い勧めでパソコンを購入したもののいまいち馴染まず、小車とのやり取り以外で役立てた試しがなかった。普段はほとんど置物と化している。たかだか短い用件のために一生懸命キーボードを打つよりさっさと電話を掛けた方が早いのではと思う。

師走の慌ただしい時季であることを考慮し、不急である旨を文末に書き加えた。

送信してから二十分後、家の電話が鳴った。

「もしもし、津雲？」

溌溂とした威勢のいい声――小車だ。

「なんだ。せっかく頑張ってメールを打ったんだから、パソコンで返事してくださいよ」

「いいだろ、別に」と小車はぶっきらぼうに返す。「質問の件だが、仕事内容は写真撮影だけ。取材はなし。それと――交通費は会社《ウチ》が持つ」

小車の最後の一言に、「よろしくお願いします」と上機嫌に答えた。

「メールを確認してくれたってことは、また休日出勤ですか?」

「そう、参っちゃうよ。せめて会社がノートパソコンを支給してくれたらいいのにな。それなら家でも仕事ができる。まあ、今日はあたしからも連絡したいことがあったんでちょうど良かった」

小車は平日、休日の昼夜を問わず連絡を寄越す。多忙なのだ。泊まり込みも珍しいことではないらしく、会社勤めと縁遠い佳人にとって想像も及ばない生活だ。

彼女とは小説が最終選考に残って以来、かれこれ三年近くの付き合いになる。はじめこそ彼女のざっくばらんな物言いに委縮していたが、今では軽口を叩き合える程度に親しくなった。

小車は佳人より五つ年上である。荒っぽい言葉遣いは男社会で舐められないための処世術なのだ――とは彼女自身の弁だが、佳人からすればそんなものは建前で、元来の気性が発現しているだけなのだろうと思う。良く言えば豪胆で、悪く言えば粗暴。風の噂では彼女の態度が原因で作家の担当を外されたことは一度や二度ではないと聞く。

彼女は「聞いて驚くなよ」と前置きし、本題を切りだした。

「また重版が決まった」

「本当ですか」

「ああ。我が社にとっちゃ異例の大ヒットだ」

珍しく小車の声が弾んでいる。

「ノストラダムスの大予言や芸能人のエッセイ本には敵わない程度の、大ヒットですね」と皮肉ると、「お前、たまには素直に喜べよ」と小車が苦言を呈した。

「あと、ファンレターが溜まってる。近いうちに取りに来てくれないか」

「へえ。類は友を呼ぶってやつですね」

「どういう意味だ？」

「暇な人間のファンも暇なんだなって。いくら手紙を書いたって金にならないのに」

小車のため息が電話越しに大きく響いた。

「暇ならさっさと次を書け。——そういや一通、気になる手紙があったぞ」

「なんでしょう。出会い目的ならお断りですが」

口調は茶化したが、これは冗談で言っているのではない。たまにあるのだ。本人の経歴書と、お見合い写真付きのファンレターが。まずは文通からといってご丁寧に返信用切手まで添えてくれる人もいて、真剣さに頭が下がる。もちろん佳人が応えることはない。結婚願望など蟻の体躯ほども持ち合わせていないのだから。心温まる物語を綴る著者は、さぞや人情味あふれる人物に違いないと期待されているのだ。まったく見当違いも甚だしい。スプラッタ小説の著者が暴虐な人間であると決め付けるのが愚かな偏見であるように、その逆も然りである。

「出会い目的っちゃあ、出会い目的かな」と小車は歯切れが悪い。「津雲は、親戚はいないんだったよな」

「ええ」

小車の言う通り、唯一の肉親だった父には親戚と呼べるような人間は一人もおらず、父の死後は児童養護施設にて育った天涯孤独の身の上だ。父の故郷はおろか、自分の祖父母にあたる人物についても一切知らない。

「実は、津雲の伯母と名乗る人間から手紙が届いているんだよ。差出人はシロ・エリコと読むのかな――知ってるか？」

聞き覚えのない名前だった。小車が続けて読み上げた住所も、東京育ちの佳人には縁がない九州の土地である。

「まったく心当たりがないですね」

「じゃあ、きっと悪戯《いたずら》だな。とはいえ本物の可能性もなくはない。今度打ち合わせのときに見せるよ。そうだ、家族写真が同封されていたんだ。この子どもがまた津雲に似ているような、似ていないような……」

「家族写真？」

佳人は、つい興味を惹かれた。

たとえ悪戯だとしても、家族写真まで偽装するとは手の込んだ仕掛けじゃないか。作家ならではと言うべき邪《よこしま》な好奇心が湧き上がる。一体全体どんな暇人なのか。それと同時に――もしかしたら本当に――と気持ちが僅かに騒ぐ。まさか。それはないだろう。

週明けにそちらに出向くと小車に伝え、電話を切った。

そうして出版社を訪ねたのが昨日のことだ。小車が定時間際まで会議だというので、終業時刻を過ぎてから顔を出すことにした。出版社のビルは地下鉄の駅から徒歩十分程度の距離にある。

地上に出るとすっかり日が暮れていた。クリスマス一色に染まった夜の街。路面店のショーウィンドウは金銀赤緑色に装飾され、街路樹には金色に点滅する電飾が巻き付けられ、スピーカーはクリスマスソングの安っぽいアレンジを繰り返し流す。

――どこにも逃げ場がない。昔から、街全体が浮き足立ったこの季節特有の雰囲気が苦手だった。どうにもうんざりとした気分にさせられる。

仏頂面で闊歩する佳人の脚に、よそ見をした子どもが真正面からぶつかった。ぽかんとして佳人を見上げる幼い顔に「邪魔だよ」と吐き捨てる。親が慌てて子どもを抱え上げ、悍《おぞ》ましいものでも見るような表情で佳人から遠ざけた。

ますます鬱屈とする。

出版社の受付にも小さなクリスマスツリーの模型が飾られていた。待つこと数分、ワイシャツに派手な蛍光色のパーカーを羽織った小車が現れた。前回会ったときにストレス発散で染めたと言っていた金髪は、すでに伸びて根元が黒い。編集担当ではなくどこぞのヤンキーだと紹介されても疑わないだろう。

打ち合わせの席につくやいなや、小車は口にガムを放り込み「その顔の痣《あざ》はどうしたんだ」と凄んだ。

「まさか、また――」

「違います。家でぶつけただけです」

肩を竦めてとぼけると、小車はテーブル越しにぐいと佳人を抱き寄せた――のではなく、佳人の首に腕を絡めた。鼻先にブルーベリーガムの甘い匂いが漂った直後、容赦なく呼吸を妨げられる。慌てて卓上を三回叩いてギブアップを伝えると、小車は愉快そうに笑いながら腕の力を緩めた。彼女は大のプロレス好きで、自身も趣味で鍛えており女性ながら剛腕なのだ。

「反則技じゃないですか」と佳人は咽《む》せながら抗議する。本人は戯《たわむ》れのつもりなのかもしれないが、やられっ放しのこちらは堪ったものじゃない。非力な佳人では太刀打ちできないのだから、獅子が猫にじゃれつくようなものだ。

「暴力反対ですよ」

「そりゃお前だよ」

佳人を解放した小車は、どかっと椅子に深く腰掛けた。

「また喧嘩か？」

「……昨晩、ちょっと。歌舞伎町で絡まれまして」

渋々ながら白状する。小車はやれやれと両手をパーカーの前ポケットに仕舞った。

「二度とやるなよ。最近流行りのキレる若者じゃねえんだからさあ」

「はは。俺、若者って年齢じゃないですよ。大人として冷静にやってます」

「余計に性質《たち》が悪いよ」

小車はテーブルに身を乗り出し、神妙に佳人の顔を見つめる。

「なあ。頼むから、いい加減こんなことはやめてくれ。万が一バレたらマスコミのいい餌食だぞ」

「話題になればますます本が売れますね」

「……ったく。都合よく言いやがって」

小車の説教に、佳人はへらっと笑ったが、一方の小車はにこりともしなかった。

「あのなあ。そんな小汚ねえ格好してるから厄介な輩《やから》に絡まれるんだよ。ルックスは悪くないんだから、ちょっとは身だしなみに気を遣えよ」

「小車さんだって、いい歳して汚いコギャルみたいな見た目されてるじゃないですか」

お道化て反論したつもりが、小車はあからさまに傷ついた表情を浮かべた。佳人はたちまち軽薄な笑いを引っ込め、発言を後悔した。女性の年齢に触れた上に外見をからかうなんて、明らかな失言である。

自分が揶揄されたから仕返してよいという理屈は通らない。相手の性別、年齢、立場、性格、ありとあらゆる要素を考慮し、ときには場の雰囲気を察して物を申す――という誰もがそつなくこなす気遣いが佳人は不得意だった。いつもそうだ。自分の一言で空気が凍る。振る舞いを誤る。

沈黙の中、佳人は視線を落としもぞもぞと服の袖を引っ張った。袖はぼろ雑巾のように黒ずみ、ほつれた糸が何本も垂れ下がっている。小車はまだ押し黙っていた。居心地が悪く、スニーカーの中で爪先をきゅっと縮ませた。そのスニーカーも元の色がわからないほどに汚れ、盛大に穴が空いているのだ。

「……うるせえ。この髪は美容室に行く時間がなくてこうなんだよ。というか――」

ようやく小車が口を開いた。

「――あたしじゃなくて津雲の話だ。金がないのか？　ウチの会社は金払いがいいとは言い難いけど、印税はきっちり支払ってるだろ？」

「……印税は、もう、使っちゃって」と答える。

小車は眉を顰めた。

「はあ？　一体なにに」

「ちょっと……」

「どうせパチンコか競馬だろ」

呆れ顔の小車がおもむろに「ほら」と白地の洋封筒を差し出す。やや勿体ぶった仕草にこれが例の手紙であることがわかった。

上質な紙の四隅になにやら植物や果実の模様が透かしで印刷されている。悪戯で使うにしてはかしこまった封筒だ。宛名書きもなかなかの達筆である。

ヤマセミが描かれた八十円切手には知らない土地の消印が捺《お》されていた。

すでに封切られた封筒から中身を取り出す。便箋も封筒と同じ柄で縁取られていた。二つ折りにされた便箋を佳人は躊躇せずに開く。

――津雲佳人様

突然のお手紙を失礼致します。私は白恵利子と申します。アキラの姉で、貴方の伯母にあたる者です。

そこまでしか読まないうちに、佳人は便箋を折り畳んだ。

ゆらゆらと視界が揺らぐ。

鈍器で殴られたような衝撃に、咄嗟に額を押さえた。

――たしかに父の名は、白祥《ツクモアキラ》という。

他人からその名を聞かされるなんて。

「……実に怪しいですね。自分の腹かっ割いて死んだ親父の姉ですよ。まともな人間の訳がない」

と早口に捲し立てながら雑に封筒を振ると、ひらりと紙切れが落ちた。――写真だ。

机上に乗った写真を身じろぎもせず凝視する佳人を、小車が「どうした」と覗き込む。

「俺です」

無意識のうちに口から言葉が出ていた。

「は？」

「この写真に写っている子どもは、俺です」

小車が驚いて「じゃあ手紙は本物か！」と叫ぶ。

それには答えられなかった。答えようがないのだ。伯母の存在どころか父の経歴についてはなにも知らないのだから、これが偽物なのか本物なのか確かめる術もない。

もし、これが自分の記憶にない頃に撮られた写真だとして、ともに写る少女は一体誰だろうか。近所の子どもか、或いは血縁者か。

「これ、持ち帰ってもいいですか」

「もちろん。お前宛ての手紙だ」と小車は軽い調子で頷いた。

写真と便箋を封筒に仕舞う。手が震え、何度目かでやっと上手く収まった。いつもなら小車の茶々が入ってもいい場面だが、彼女はなにも言わなかった。

それから一時間ほど今後の仕事について打ち合わせた。気もそぞろに碌《ろく》に集中できない佳人の様子を見かねたのか、小車が「続きは年明けに話そう」と話の途中で切り上げた。

ビル内がやけに冷えるとは思ったが、それもそのはずだった。雪が降っていた。玄関先まで見送りに出た小車の息が白く色付く。

「親戚の人、会えるといいな」

佳人は「まあ」と曖昧に返事をする。

「小車さんは会社で年越しですか」

「どうかな。そうならないことを祈ってくれよ。——それじゃ津雲、よいお年を」

「ええ——よいお年を」

手を振る小車に会釈を返し、佳人は出版社をあとにした。

第一章　帰郷

――津雲佳人様

突然のお手紙を失礼致します。私は白恵利子と申します。アキラの姉で、貴方の伯母にあたる者です。

もしかすると、貴方は私のことも陽炎島《かげろうじま》のことも何も聞かされていないかもしれませんね。先般、貴方の小説を拝読致しました。津雲佳人というペンネームを知り、もしや貴方は、私達がずっと捜していた私の甥、ヨシさんなのではないかと思ったのです。

今から二十五年前、私の弟は、三歳になる甥を連れて島を出て行ってしまいました。二人と生き別れてからは、一度も便りもなく、行方の知れぬまま今日まで何の手掛かりも御座いませんでした。彼らが生きているのか死んでいるのかも分からない日々に、胸が張り裂けそうな後悔を抱き続けて参りました。半ば諦めておりましたところに、貴方の小説と出会い、こうして藁にも縋る気持ちで筆を執った次第で御座います。

一度、お会いできないでしょうか。貴方にとって、直ぐには信じ難いお話であることは承知しております。万が一、人違いであれば、何という失礼でしょう。しかし私は貴方こそが私の甥であると確信しております。なぜならば貴方の小説に綴られていた山村の風景は、陽炎島そのものなのですから。島に訪れてくれさえすれば、貴方もきっと思い出す筈です。貴方の心から陽炎島が消えていなかったことに、今はただ喜びを禁じ得ません。

写真を同封致します。写真に写っているのは貴方の父と従姉、そして、貴方です。

白恵利子――

「津雲佳人」はペンネームだ。本名は白佳人という。白と書いてつくもと読ませるのは本名といえど読者に馴染みづらいだろうと思い、「津雲」の字を当てた。

思いついて、差出人の住所をインターネットで調べてみることにした。検索エンジンに不慣れなため、なかなか行きつかなかったが、何度か検索し直してようやく九州南西部に浮かぶ無数の島々の一つであることがわかった。

――自分が描いた小説の舞台が、実在の島に酷似している？

佳人が小説の舞台に選んだのは、日本国内の場所を特定しない架空の山村である。頭の中で思い浮かべた風景を基に、これまで図書館で読み漁った民俗資料や、書店で立ち読みした旅行情報誌から詳細を肉づけし誕生した村。

物語を象徴する舞台装置として、村にはとある特色を与えた。灯りである。その村では、日が暮れると家の軒先に蝋燭を灯すのである。闇夜にぽつりぽつりと蝋燭の炎が浮かび上がる様を、物語の情景描写として作中に繰り返し登場させた。ときに温かく。ときに哀しく。この幻想的なイメージが『ファミリーフォトグラフィ』の印象を決定づけた。

小車によれば、作者は女性だろうというのが編集部の見解だったそうだ。受賞して会ってみて、ペンネーム通りに男性だったので驚いたという。ただでさえイメージの違いに戸惑っているところに、佳人が開口一番「印税は現金手渡しでください」と要求したことも今や面白半分に語り継がれているらしい。

軒先の灯りは、家族の営みの象徴として描いた。——とはインタビューでよく佳人が用いる表現だが、実のところ深く考えて描いたのではなく、頭に浮かんだ光景をそのまま採用したにすぎない。てっきり空想の産物だと思っていたが。

もし。

幼少期に陽炎島で過ごした記憶が、頭に残っていたのだとしたら。無意識のうちに、小説の舞台に故郷を選んでいたとしたら——。


「はじめまして、津雲先生。僕、元河彦《はじめかわひこ》といいます」

新宿の喫茶店。店内は煙草臭く、待ち合わせ相手の顔も烟《けむ》って見えづらい。テーブルの上に置かれた名刺にはロケコーディネーター、と印字されていた。佳人が名刺をつまみあげ、河彦の顔とを交互に見比べたのち、「よろしくお願いします。津雲です」とようやく頭を下げるまで、河彦は辛抱強く待っていた。

「あまり聞かない職業ですよね。まあ名前のとおり、ロケ地を探して東奔西走するのが役目でして、今は津雲先生の物語を紡ぐにふさわしい舞台をここでもないあそこでもないと探し回っているところです。——本音を言えば、すでに見繕ってある候補地のいずれかで決めたいのですが、本作は山村のロケーションが肝になってきますから、一応、津雲先生に首を縦に振っていただかないことには進められないんです。こちらで勝手に自治体やら警察と話をつけたあとに、先生からノーと言われちゃうと全部おじゃんですからね」

河彦は淀みなく喋りながら、珈琲カップを端に退けて候補地のパンフレットや写真を並べた。

ラフなTシャツに、洗いざらしのジーパン。左手首に流行りの大きな腕時計をした元河彦は、佳人が先立って思い描いていたどのタイプの人間——業界人を気取った胡散臭い男か、業界人を気取った鼻持ちならない男——とも違っていた。小説を出してから関わったメディア関係の人間とはとにかく反りが合わず、トラブルを起こしたことが何度もある。見かねた小車が、メディアとのやり取りは極力書面だけで済ますように計らい、苦手な人種と仕事をする機会はめっきり減った。

そうやって身を引いていた佳人に直接電話を掛けてきたのが河彦だった。聞けば小車の知人で、個人的に番号を紹介して貰ったのだと言う。小車の奴。勝手なことしやがって……と佳人がまごまごしているうちに言葉巧みに誘い出され、こうして会う羽目になってしまったのだ。

「海が見える描写があったので海沿いの土地で探しています。僕の得意分野で助かりました。実は海釣りが趣味でして」と河彦は釣竿をあげるポーズを取った。

「へえ。自分も、昔、知人の小型船舶を操縦した経験があります。無免許ですが。……あ、今のは内緒でお願いします」

「はは。津雲先生ってやんちゃなんですねえ。船は男のロマンですもんね！」

河彦のきらきらと輝く瞳の奥には、どことなく垢抜けない、野暮ったさが残っている。あちこちで働いていた頃に出会った、東京に出て来たばかりの地方出身者が持つ純朴さだ。

「でも、津雲先生の印象からは意外に感じます。悪い意味に捉えないでいただきたいんですが……海で遊ぶような感じがしないので……」

「海は好きですよ。小さい頃は親父によく連れて行かれました。金がないので近場ばかりでしたが。こう、東京湾をぼーっと」

「見てるだけですか」

「ええ」

これは父がまだ元気だった頃の話だ。塞ぎ込むようになってからは、海どころか、外に出ることすら拒絶するようになった。

河彦は感心したように「へえ。だから、小説にも海が出てくるんですね」と頷いた。それには佳人は無言で返した。今となっては、なんの気なしに海を登場させたことにも陽炎島の存在がちらついてしまう。

「話が脱線してすみません。候補地ですが、どこも許可は下りると見込んでいます。確約はできませんが」

宣材用の写真を見る限り、どこも似たり寄ったりである。餅は餅屋に任せたいのが本音である。素人の自分があれこれ口を出すよりも専門家がスクリーン映えすると判断した土地で撮ってもらえれば構わない——のだが、こうして資料を並べられてしまうと考え込んでしまう。

「津雲先生の出身はどちらなんですか？」

写真を鼻がつくほど睨みつけていた佳人は、不意に声を掛けられて「え？」と顔をあげた。佳人の三白眼に睨みつけられる格好になった河彦は、怯んだ様子で「あ、いや。小説を拝読したんですけど、自然風景の描き方がまるで見てきたようにリアルだったんで、地元がモデルになっているのかなって」と補足した。

「いいえ。自分はずっと東京です」

「そうでしたか。失礼しました」

「元さんは、ご出身は？」

河彦の口から出たのは聞き馴染みのない地名だったが、九州であることはわかった。本当におのぼりさんだったか、と佳人は思った。

「あの、陽炎島ってご存じですか」

「陽炎島……？」

「行ったことはありませんが、名前を聞いたことはあります」

河彦はしばし考えるように眉根を寄せ、ゆっくりと頷いた。

「本当ですか！」

つい声が大きくなり、隣のテーブルで新聞を読んでいた老人に睨まれる。それにしても、インターネットでもなかなか見つけられなかった島を把握しているとは驚いた。さすがプロのロケコーディネーターというべきか。それとも地元九州では知られた土地なのだろうか。

「仕事柄、国内で撮影に使えそうな場所は一通り調べますからね。……そうだ思い出した。陽炎島は、以前に別の仕事でロケ地の候補にあがったんですよ。都内からは遠方になりますが、自然豊かだし、人口も少なくて撮影しやすそうだし。でも断られちゃったんですよね」

「断られた？」

河彦は肩を竦めた。

「たまにあるんですよ。余所者を嫌うっていうのかな。ドラマとか映画の舞台になっちゃうと、どこで調べたのか撮影が終わったあとに観光客が押し寄せてきたりするでしょ」

「それって喜ばしいことなんじゃないですか」

「観光地ならね。ホンモノの田舎は、案外歓迎しないものですよ」と河彦は苦笑しながら首を横に振った。ホンモノの田舎、という言い方に職業固有の苦労が滲んでいる。

「彼らは習慣の変化を嫌いますから。とにかく保守的なんです。勝手にやって来られて生活の場を踏み荒らされ、その上たいして儲かりもしないんじゃ、とんだ迷惑——という気持ちはわかりますがね。陽炎島も恐らくそんな感じでしょう。ほとんど話も聞いて貰えずに、打診の時点で門前払いを食らいました。かなり過激な保守派ですよ」

過激な保守派、か。

「鍬を持って追いかけられるかもしれませんね」と佳人が冗談を言うと、「あながち、ない話じゃないですよ」と河彦は真剣な面持ちで返した。それが河彦の冗談だとわかると、佳人はアハハと大声で笑ってしまい、隣の老人が大袈裟に咳払いをした。

話を交わすうちに、佳人は河彦に興味を持ちはじめていた。映像制作に携わる人間にしては、いい意味で業界人らしさもなければ、クリエイターらしさもない。自らの足で各地のお役所とも交渉するという河彦自身の仕事内容を考えれば、当然だろうか。映像制作側といっても、どちらかといえば営業肌の仕事なのだろう。堅すぎず、事務的でもなく、ユーモアがある。面白い男だと思う。

「津雲先生。あの島でロケは厳しいですよ。申し訳ないですが」

「いえ、そういうわけでは」と河彦の誤解に、佳人は慌てて弁解した。

「個人的な興味があるだけで」

「はあ。あ、もしかして次回作ですか？」

河彦は顔を輝かせた。佳人は否定も肯定もせず「まあ」と濁した。

「それなら、小説の題材には持ってこいの土地ですよ。あそこは異人殺し伝説の島ですから」

「異人殺し？」

佳人が復唱すると、河彦は頷いた。

その言葉は知っている。

日本各地に伝わる民話の類型の一つだ。ふらりと村にやって来た余所者を、村人は一度は迎え入れるのだが、なんやかんやで金品に目が眩んで殺してしまうという痛ましい話である。余所者はときに盲人であり、僧侶であり、異形の鬼である。

これと類似した「六部《ろくぶ》殺し」という言葉もある。六部とは六十六部衆を縮めた言葉で、六十六の札所を巡礼する者だ。彼らは金を持ち歩いていることがわかっており、かつ殺しても角が立たない余所者だ。つまり異人とは村人以外の余所者を指す言葉なのである。

「よくご存じですね。さすが津雲先生」と河彦が持ち上げた。

貧乏暮らしが長い佳人にとって、冷暖房完備で過ごせる図書館はいい遊び場で、無料《タダ》の読書は暇つぶしにもってこいだったのだ。一銭も生まない無駄な雑学だと自虐していたが、この読書習慣が小説に繋がったのだからなにがどう転ぶかわからない。

「しかし、異人殺しねえ……」と佳人はテーブルに肘をついた。

「凡庸な言い伝えだと思っているでしょう。あそこのは特別ですよ」

少しばかり含みのある、愉しむような笑みだった。ロケコーディネーターの傍ら、土着文化を調べるのが趣味なのだろうか。もしかしたらこちらが本業なのかもしれない。

「昔、陽炎島に鬼の一族が漂着したんだそうです」

「鬼？」

「ええ。鬼だと聞いています」

なにかの隠語かもしれないなと佳人は思った。自分達とは違う存在であることを強調するときに、鬼という呼称は便利に使われる。

「上陸を拒否する島民に、鬼達は金品を差し出します。それで気をよくした島民たちは彼らを島に招き入れ、夜に酒宴の席を設けると、思いのほか鬼達の気が優しいことがわかったのです。彼らは羽振りがいいだけでなく宴の盛り上げ方も心得ておりました。島民達はみるみる興奮し、昼間は恐ろしく見えた鬼達の顔も、夜の月明かりに照らされるとそれはそれは美しく見え、ついに島民達は酔った勢いで鬼達とまぐわってしまいます。

翌朝、目を覚ました島民はとんでもないことをしでかしたと我に返り、鬼達が眠っている隙に話し合いの末、鬼達を殺し、金銀財宝を奪い、死体は山に棄ててしまいました——というお話なんです。まあ、大筋はどこにでもある異人殺しの話なんですが、ただ——」

河彦はそこで言葉を切り、僅かに声を潜めた。

「——不憫な鬼達の魂を鎮めるために、現在も神事を行っているんですって」

たしかに珍しい。真偽はともかく、先祖が金目当てに無実の鬼を殺したという伝承は不名誉に違いないのに、それを神事として継承しているとは。

「……興味深いですね」

「でしょう？　こういう話もあって是非撮影で使いたかったんですけどね。もし津雲先生が取材に行かれるのなら島までの交通手段をお教えしますよ。前に調べたルートをどこかに記してありますから」

すっかりそのつもりになっている河彦に、佳人は苦笑した。面白い話題ではあるが、行くとなれば白恵利子に連絡を取り、取材目的の小説家としてではなく、生き別れた甥として帰郷しなければなるまい。その覚悟が自分にあるか。佳人は肚を決めかねていた。

「是非、行ってみたらいいじゃないですか。この映画がヒットしたら津雲先生もますます次回作を期待されるでしょう？　ご心配なく。絶対にヒットさせますよ。監督は原作を大事にするタイプですしね。そうだ。次回作が出版された暁には、僕がネタ元だって言いふらしてもいいですか？」

河彦の軽口に、佳人は笑った。

話がだいぶ脱線したあとで、二人はようやく本題を思い出し、ロケ地の選定に向き合った。河彦が用意した資料はどれも申し分なく、その日の打ち合わせで場所を決めることができたが、そのあとも話は度々横道に逸れ、打ち合わせが終わったのは夜のことだった。最終候補地の資料が入っているというフロッピーディスクを尻のポケットに仕舞うと、「割らないでくださいよ！」と河彦が慌てた。


陽の落ちた街一帯を、統一感のないぎらぎらとしたネオンが覆いつくす。クリスマスシーズンだろうがなんだろうが、この街の雑然とした湿度は変わらない。

「一杯、行きませんか」という河彦の誘いに乗り、二人は歌舞伎町の適当な居酒屋に入ることにした。当然一杯では済まず、結局、終電の直前までだらだらと居座ってしまった。

誰かと酒を飲むのは久々のことだった。

店を出ると、冷たい空気がアルコールで熱くなった胃になだれ込む。真冬はいい。繁華街特有のドブ臭さがましになるからだ。

「河彦さんは、どちらまで?」

佳人は西武新宿駅を使うので歌舞伎町から歩いてすぐである。

「自分は新宿なんです」

「え? よく住めますね。その……家賃的にも、治安的にも」

「人が多い場所の方が、紛れるんで安心できるんです」

紛れる?

佳人はその意味を尋ねようとしたが、それを遮って「ここの噴水、撤去されちゃいましたね」と河彦が新宿コマ劇場前の広場を指差した。噴水跡地のあった場所には立ち入り禁止のバリケードが並んでいる。

「そうですね」

佳人が適当な相槌を打つと、河彦はさぞ残念そうに「あーあ。噴水に飛び込む学生を眺めてみたかったのになあ」と言った。

「昔の話でしょう。それに、あんなの頭が悪い連中のすることじゃないですか」

「はしゃいだ人間を見ていると、こっちまで楽しい気分になりますよ。東京は色んな人間がいますからね。楽しい街です」

河彦は一切の嫌味なく、純粋に言っているように聞こえた。彼も、この街で紛らわせたいものがあるらしいことに、ますます親近感を覚える。それは孤独なのか。後悔なのか。思うようにならない焦燥感か。

「人生、楽しんでますね」と佳人が言うと、「そりゃあ！」と河彦は無邪気にはしゃいだ。

「津雲先生こそ楽しいでしょう。先生の本はどの書店でも平積みですよ」

「たまたま幸運だっただけですよ。捨てる神あれば拾う神ありっていう……」と佳人は照れながら体を捩じらせた。

酔っ払った様子の若者三人組がニヤつきながら佳人を見る。すれ違いざまに、若者の一人が煙草の煙を佳人の顔に吹きかけて笑った。

河彦が「おい」と叱るのと、若者の仲間がつられて笑うのと、佳人の拳が若者の鼻っ面にめり込むのと、ほぼ同時だった。

咄嗟に河彦が止めようとしたが、無駄だった。佳人の反撃にキレた三人組が一斉に殴りかかると、佳人の細身な体は糸屑のように道路に引き倒された。場は一瞬のうちに乱闘と化した。三対一の、ほぼリンチに近い状態だった。客引きの中国人達が遠巻きに眺めるなか、ミニスカートの女性達が非難とも野次ともわからない合唱をする。

誰かが「こいつ頭おかしいよ！」と叫んだ。彼の腕には歯の形に血が滲んでいた。直後に甲高い悲鳴があがり、佳人を袋叩きにしていた若者が、片目を押さえながら路上をのたうち回った。

数秒流れた静寂に、警官の大声が割り込んだ。三人組は弾かれたように歌舞伎町の奥へと逃げて行った。佳人は河彦に肩を貸されながら立ち上がった。河彦が「先生。大丈夫ですか」と小声で尋ねる。佳人は血の混じった痰を吐き捨て、軽く頷いた。

「いつものことですよ」

「いつも？」

「生きていても生きていなくても、どっちでもいいんですよ、俺は。いい死に場所があれば遠慮なく場所を借りたいっていうわけです。どうせ俺も親父と同じで碌な死に方はできないと思いますがね」

呂律の回らない舌で、佳人は饒舌に喋った。

「……ははあ。希死念慮ですか。それまた作家さんらしいですねえ」と河彦は呆れ半分の口調で言った。

「じゃあ、どうして小説なんて書いたんですか」

「――捨てたかったんですよ。色々と。それが拾われちゃっただけです」

佳人はコートのポケットから潰れた煙草の箱を取り出し、警官が駆け寄って来るのを横目に、一本、火を点けた。

◆

十二月二十七日。

佳人は、羽田から福岡行きの飛行機に乗った。

後日届いた河彦からのメールには、レンタカーを使うか公共交通機関を使うか、他に観光したい土地はあるかと尋ねたうえで、公共交通機関を乗り継ぐならば福岡空港経由を勧めると記されていた。公共交通機関を使うつもりだと返事をすると、間もなくして福岡空港から陽炎島までの道順を説明するメールが返ってきた。寄り道しなければ、当日中に陽炎島へ渡島する船に十分間に合うという。ただし陽炎島までは定期便の船がないため、個人で船を持っている人間に連絡する他は渡島する手段がないらしい。

面倒な気持ちが顔を覗かせた頃、恵利子から電話が掛かってきた。河彦と会ってから数日後に、佳人は返事の手紙を投函したのだ。彼女は佳人の手紙を大層喜び、すぐにでも島に来てほしい。いつでも歓迎する、と言う。達筆な筆跡から予想していた年齢よりも若々しい声であった。

「さっそく飛行機はこちらで手配しますわ。よろしいかしら？」

「助かります。後からメールかファックスをいただければ――」

恵利子の家にはパソコンはおろかファックスもないという話で、追って恵利子から折り返しの電話があり、予約してもらった飛行機の時間、航空会社、便名をメモをした。

移動経路は河彦から聞いた内容と同じだった。福岡空港から地下鉄に乗り、博多でＪＲに乗り換える。そこからは特急とバスを乗り継いで、うまくいけば四時間程度で港に到着する。

――はずだったのだが。

不運なことに、この地域では珍しい大雪に見舞われていた。博多駅構内を駅員が駆け回り、ダイヤの乱れを報せる放送が鳴り響き、駅前のロータリーではチェーンを巻かない車が立往生していた。窓口で運行状況を尋ねても、動く順に動かしますという答えしか返ってこない。仕方なく、佳人はホームに停まったままの特急電車に乗り込んだ。

佳人の隣に、スーツ姿の男性が座った。なかなか動き出さない電車に次々と乗客が乗り、あれよあれよという間に席だけでなく通路も埋め尽くされた。効きすぎた暖房のせいで窓ガラスが曇り、佳人の額も汗ばみはじめる。

隣の男性が仕事鞄から取り出したのは、佳人の書いた本だった。男性が肘置きに肘をつき、無表情にページをめくるのを、佳人は気恥ずかしくなって目を逸らした。

約一時間が経ち、ようやく電車が動き出した。隣の男性が「やっとですねえ」と佳人に笑いかけた。

「今日はどちらへ？」

「終点まで」と佳人は答えた。

「そりゃ相当、時間が掛かりますよ。この路線は途中、積雪地帯を通りますからね。その一帯では徐行運転をするんです」

男性が教えてくれた通りだった。ただでさえ慎重に走っている特急電車が、福岡県境を越えた辺りでさらに走行速度を落とし、もはや自転車の方が速いのでは——というのは言い過ぎだが、体感ではそれほどに遅く感じられる。

彼は佳人の旅行鞄に気づいた様子で「ご旅行ですか」と尋ねた。佳人は軽く頷きながら、自分の本はそんなに集中するに足りないのだろうかと疑う気持ちになった。

「陽炎島へ行くのですが、ご存じですか」

男性は首を捻った。

「自分は生まれも育ちもこの辺りですが、聞いたことがありませんねえ」

その男性は途中で下車をした。その後もひたすらにじれったい運転が続き、結局、四時間程度の旅程のはずが倍近くの時間を要した。

はじめて降り立つ街。九州地方は温かいという思い込みは、すっかり覆された。買ったばかりの上着のポケットに手を突っ込み、上下に跳ねて体温をあげようと試みる。吐いた息が、知らない街並みを白く染める。

駅前から、港付近まで行く路線バスがあるはずだ。もしバスも遅れているようなら、少し遠いがタクシーを使おう。渡船を依頼している手前、これ以上遅れるわけにはいかない。

地図上では、陽炎島は本土とする九州から目と鼻の先の場所に浮かんでいる。周辺には無数の無人島があるが、それらと大差ないほどに小さな有人島で、人口も五十人足らず。所謂《いわゆる》限界集落というか、過疎化が進んでいる島なのだろう。

停留所で時刻表を確認する。知らない土地の時刻表は、どの行き先のバスが、目的のバス停を通過するのか。いまいちわかりづらい。

「どこへ行きたいんだい」

ベンチに座るお婆さんが、佳人に尋ねた。

「――港まで」と答えると、「それなら、こっちか、このバスに乗ったらいい」と親切に教えてくれた。

「こんな時間に港へ行っても、店はみいんな閉まってるよ」

「ええ。そこから船に乗るんです」

「そうかい。どの島だい？」

「陽炎島です」

突然、お婆さんは無言になった。形相を変え、佳人の顔をじいっと凝視する。ベンチに座ったまま握った杖が震えている。

相手の奇妙な様子に、おずおずと「あの……」と声を掛けると、お婆さんが厳しい声で言った。

「あんた、この辺の人間じゃないね」

佳人はお婆さんへ体ごと向き直って体を屈めた。視線の高さをお婆さんに合わせる。

「東京から来ました」

「あの島はやめときなさい」

「……なにか、良くない島なんですか？」

お婆さんは、勿体つけるように首を左右に振った。

「地元の人間で、あの島を知らん者はおらん。だが、知っている者もおらん。ひどく余所者を嫌って、身内以外は島に上陸もさせん。不気味な島だよ。あんたも、観光じゃあ、島にはあげてもらえないと思うよ」

ちょうど、佳人が乗るバスが到着した。もう少し話を聞いていたいところだが、仕方がない。佳人はお婆さんにお礼を行って、バスに乗り込んだ。

河彦の揶揄したとおり、陽炎島の島民は「過激な保守派」なのだろう。ホンモノの田舎というわけだ。今のところ、自分には関係のないことだが……。態度には注意を払った方がいいかもしれない。陽炎島で喧嘩でもしようものなら、秘密裏に海に投げ込まれてお陀仏——というのは本の読みすぎだろうが、なんにせよ初対面の親族相手に、すぐに気を許すのは無防備過ぎる。

伯母の恵利子だって、手紙や電話では歓迎するような口ぶりでも、実際に会ったらどうかわからない。用心しておくに越したことはないだろう。幸い、猫を被って、その場を凌ぐ処世術は身につけている。あとは下手を打たないように気をつけるだけだ。大丈夫だ。

——俺が、相手の期待に沿えない可能性も大いにある。そうなりゃ、東京にとんぼ帰りすればいいだけの話だ。

佳人が待ち合わせの港に到着したのは夕方だった。船着場には何艘もの漁船が係留されている。潮風に混じって、雪がわずかにちらついている。博多駅から恵利子に電話を入れたときには、船を出せる最終の時間は十六時半と聞いた。腕時計を見ると、今にも十六時半を指そうとしている。ぎりぎりの時間だ。

「おーい。あんた、ツクモさんとこの？」と声がした。

黒いダウンジャケットのフードを被った男が、猫背でずんずんと蟹股《がにまた》に歩いてくる。

「はい。――もしかして、吉田さんですか？」

男は肯定の意で、フードから不揃いな黄色い歯を覗かせた。恵利子から聞いている、この度の渡島で船を出してくれるという相手である。吉田も陽炎島の島民なのだそうだ。

「今日に限って、こーんな雪になっちまってねえ。東京から、大変だっただろ。すぐに船を出すんで乗ってってくれえ」

吉田は、無骨な見た目に反して気さくな性格のようだった。

船はいかにも個人所有の小型船舶だった。吉田は風を見てから船のロープを解いていく。エンジンが掛かると、船はたちまち離岸し、佳人の顔を突き刺すように凍てつく風が吹いた。

湾に囲まれた内海は穏やかに凪いでいる。吉田は手慣れた様子で船を操った。白波が作る轍《わだち》の遥か先に陸《おか》が遠ざかるにつれ、期待半分、不安半分で、心が浮足立つのを感じた。陽炎島はもうすぐだ。

東の空に薄い星明かりが浮かび、西には眩しい夕陽が水平線の上にゆらめく。

船のエンジン音で掻き消される吉田の声を、何度か聞き返してようやく「島にはどのくらい滞在するつもりだ」と聞こえた。

「明々後日に帰るつもりです」

恵利子に伝えたつもりだったが……と思いながら答える。帰りも船を出してもらう必要があるからだ。

「そりゃ短けえなあ。せっかく帰ってきたのに、ゆっくりしていけばいいんだ。島ではみんなが家族なんだから、遠慮することは、なあんもねえんだ。はっはっは」

「みんなが家族ですか」と佳人は繰り返した。

「それは悪いこと出来ませんね」

「そりゃあそうだ。誰がなにやったかなんて全部筒抜けだかんなあ」

佳人の軽口に、吉田は笑いを引っ込めて真面目に答えた。その反応を見て、内心しまったと思った。適した冗談ではなかった。島全員が家族だとすれば、自分は島唯一の余所者である。


「あれが陽炎島だ」

吉田が指を差した先に、黒い島影が揺らいでいた。

今にも海に呑まれそうな、小さな、ささやかな島。向かい風に逆らい、佳人は前のめりになった。空を斑模様にして夜の帳が落ちはじめるなか、陽炎島は蜃気楼のように海面に揺蕩《たゆた》って見える。距離が詰まると、島のぎりぎりにまで緑が迫っていることがわかった。島全体が緑に覆われ、民家の軒すら確認できない。

コンクリートが横たわっただけの堤防に船が着けられた。他にも数艘のボートや船が係留されている。ここが島の港なのだろう。まともなステップ台もなく、佳人は吉田に支えられながら不安定に揺れる船から降りた。コンクリートの地面を踏むと、靴の裏から冷気が伝わる。

島には薄らと雪が積もっていた。大体が溶けきっているが木々には雪が残っている。

「恵利子さんが迎えに来るはずだが、この雪だかんなあ。あそこに座って待ってろ。俺は電話してくる」

吉田に促されて簡素な屋根のついた木製の古びたベンチに腰掛けた。港の脇にぼうぼうに伸びた木と蔦に覆われるようにして電話ボックスが立っている。空を見上げると、厚い雲がなだれ込まんとしている。これはと思っているうちにしんしんと雪の勢いが強まってきた。

灰暗い電話ボックスで吉田が身振り手振りで話す様子を、小さな子どもが外からじっと見ているのに気づいた。首を傾けて、黙って佇んでいる。こんな夕暮れ時に未就学児が一人でいるなんて。東京では考えられない光景だが、それほどに平和な島だという証だ。

電話を終えた吉田は、佳人の隣に座るのと同時に煙草に火を点けた。一本差し出されて、佳人は有り難く頂戴する。普段吸わない銘柄の、親しみのない味だったが、それでも佳人の疲れを癒してくれた。

煙草の煙が、真っ白になって空へ立ちのぼる。遠くから「おーい」と呼ぶ声がした。港の真横を走る道路の先から、数名の人影が大きく手を振っている。さっきの子どもは親が迎えに来たらしく姿を消していた。わらわらと近づいてくる人影の誰も彼もが、吉田と似たりよったりの質素な格好で、きっと吉田の仲間達だろうと、佳人は他人事として無反応に彼らを眺めた。

「あんたがヨシさんかい！」

「よく来たねえ！」

彼らは吉田への挨拶もそこそこに、あっという間に佳人を取り囲んだ。オドオドと立ち上がり、手元の煙草を下ろす。彼らが口を大きく開けて笑うと、吉田と同じように黄色く不揃いな歯が覗く。

無遠慮に肩を組まれ、背中を叩かれ、佳人は突然の歓迎に為す術もなく、しばらくされるがままになった。見かねた吉田が「おいおい。ちっとは遠慮しろ。ビックリしちまってんじゃねえか」と間に割って入った。

「ああ。悪い、悪い。驚かせちゃったなあ」

「驚いたってんなら、この島のど田舎っぷりだろうよお。東京から来たんだろお、え？」

佳人はかろうじて「はい」と答えるのが精一杯だった。

煙草を吸うのも忘れて、灰がアスファルトに落ちる。そうしているうちに道路に二つの光が見えた。ヘッドライトだ。

「ああ。来た、来た」と吉田が煙草を地面に落とし、靴裏で潰した。車が港の真横に停車すると、助手席から女性が降りた。ベージュのダウンコートに、上品な橙色のマフラーを巻いている。

「吉田さん、申し訳ありません」

こちらへ歩きながら、彼女は吉田に頭を下げた。電話で話したのと同じ声——彼女が白恵利子に違いない。父の姉なのだから五十前後である筈だが、到底そうとは見えないほどに若々しかった。三十代と言われても信じてしまう。

「いやいや、いいんだよ。こんな雪の中放っちゃおけねえからな、みいんな、集まってきちまって。なあ？」

島民達は、それぞれ明るく笑い合った。

「はじめまして。白佳人と申します」

佳人は、恵利子に向かって深々とお辞儀をした。

「ヨシさん！」と恵利子が佳人に歩み寄る。

「……ああ。もっと顔を見せて！」

彼女の小さく冷たい手が、佳人の両頬に触れた。

「目元がアキラさんそっくりだわ！」

どう返事をしていいのか。佳人は戸惑い、困惑を隠す余裕すらなかった。初対面の相手が自分の顔を見て涙ぐむなど経験がない。相手が自分の血縁だというなら、なおさらどうしていいかわからない。

「これ、恵利子さん。もうすぐ日が暮れる。早く屋敷に連れて帰ってやんな」と吉田が窘《たしな》めると、恵利子ははっとした様子で「まあ。いやですわ、私ったら」と眉を顰めた。

「ささ、ヨシさん。後ろに乗って頂戴」

ヨシさん、か。そう呼ばれることは慣れないが、恐らくは幼少時の呼び名だったのだろう。この島で自分は佳人ではなくヨシさんなのだ。

恵利子が後部座席のドアを開く。佳人は吉田と、他の島民達に会釈をした。吉田が「ゆっくりしていきな」と笑うと同時に、佳人の手に煙草を一箱握らせた。

運転席でハンドルを握る大柄な男性は、助手席に恵利子が座ると無言で車を発進させた。吉田と違って寡黙な男である。恵利子との呼吸から、なんとなく夫婦であろうことが伝わった。つまり自分の伯父か。白家の家族構成は、事前に恵利子から説明を受けた。家には恵利子と、彼女の夫、そして三人の子どもがいるのだそうだ。

暗闇の濃さに佳人は怯んだ。

――まだ西の陽は沈みきっていないはずなのに。

車のヘッドライトを灯しているにも拘らず、数メートル先が見えないほど。

少し走ると民家が見えはじめた。表からは見えなかったが、港から奥に入った先に舗装された坂道があり、その道に沿って家々が並んでいる。

家の窓明かりのおかげで闇が薄らいで安心したのも束の間、佳人は息を呑んだ。

家の軒先に灯された蝋燭。子どもの背丈ほどの高さがある燭台を立てる家もあれば、門柱の上に直に蝋燭を立てる家もある。優しい炎が寒風に吹かれている。

――嘘だろ。

全身に鳥肌が立った。

――まさに『ファミリーフォトグラフィ』に描いたままの光景じゃないか。

自分で自分が信じられなかった。記憶に残っていないとはいえ、まったく同じ風景を事細かに書き記したのだから、覚えていないでは通らない。佳人の胸に緊張がどっと押し寄せる。佳人は今日のために新調したスニーカーの内側で、爪先にきゅっと力を入れた。

薄々期待していたような懐かしさはちっとも湧いてこないのに、目の前に広がる景色が、ここがお前の故郷だと突きつけてくる。

潮風と脂汗でべとついた顔を両手で覆う。不安に包まれた佳人を乗せて、車は坂を登っていく。

ぽつりぽつりと闇夜に浮かぶ小さな炎を通り過ぎ、島の奥深くへと。

民家の灯りが後ろに遠ざかり、ふたたび目の前に闇が広がった。

住宅地から遠く離れ、幾重にも曲がりくねったつづら折りの坂を登った先にその家はあった。

門扉の前で停車し、伯父が無言でドアを開けてくれた。古びてはいるが、見上げるほどに大きな木造の門が聳《そび》え立っている。

なんだこれは。

呆気に取られている佳人の背中に、恵利子がそっと手を置き、佳人の混乱を見透かすように、にこりと小首を傾げる。たしかに白の表札が掛かっていた。まさか偽物ではないだろう。ここまで巧妙に、自分を騙す理由がない。こんな立派な屋敷が自分の生家かもしれないというのは、あまりに唐突で、夢のように都合が良過ぎる気がした。

——親父、金持ちだったのか。じゃあ、どうして！

父子の暮らしは決して楽なものではなかった。生活はいつだって困窮していて、給食費が支払えなかったこともある。誰かを羨むよりも、諦めて生きてきた。しかし、父に裕福な実家があったとは。

前庭を進めば、巨大な日本家屋が屹立していた。誰が、こんな孤島にこれほどの屋敷があると想像できるだろうか。

「ヨシさん。ここがあなたの家ですよ」

先導して歩く恵利子が立ち止まり、佳人に微笑みかけた。

目の眩《くら》む思いだった。到着した玄関先で、佳人はまたしても呆然と立ち尽くす。これが、人の住む家？　高級旅館と言われれば、まだ納得ができる。

吹き抜けの高い天井は太い梁《はり》が巡らせてあり、頭上ではすずらん型の西洋風のシャンデリアが、温かな光を放っている。

目利きの素養などない佳人にも、造りの精巧さ、頑丈さが見てとれる屋敷だった。佳人は客間に通された。部屋に辿り着くまでのあいだに、佳人はすっかり圧倒されてしまった。日本家屋なのに調度品はどこか洋風で、アンバランスさが奇妙なような、洒落ているような、佳人にはとても判断がつかなかった。


「さっそく娘達を紹介しますわ。呼んで参りますから、こちらに座って待っていてくださいな」

巨大な客間の、巨大なソファに埋もれるようにして座ってみると、ぴんと張った革張りなのに柔らかく、尻がすっぽりと包まれるようだった。身を任せて瞼を閉じれば、旅の疲れがすべて溶け出してゆくようだ。

ふと人の気配を感じて目を開けた。部屋の入口に珊瑚色の着物姿の女性が立っていた。丸々とした大きな両瞳に、すっと通った鼻筋が目を引く、派手な印象の顔立ち。表情の頑《かたく》なさと、左右に垂らされたおさげの幼さがアンバランスで、まるでこの屋敷そのもののようだった。

「あの」

ソファから身を起こして佳人が声を掛けるのと、相手が「あなた」と口を開くのが同時だった。

彼女は意志の強そうな瞳で、きゅっと真一文字に唇を結んだ。

「失礼。……前に、会ったことがあるかな」

佳人がそう言うと、彼女は驚いた猫のように目を大きく開いた。佳人は彼女に歩み寄りながら、尻のポケットから恵利子から送られてきた写真を引っ張り出す。

「この写真の女の子。これは、あんただ」

彼女は写真に目を遣ってから、控えめに頷いた。

「やっぱり。似ていると思った。俺は佳人。あんたは？」

「……みのり」

「みのり。そうだ、恵利子さんの手紙に書いてあった俺の従姉だよな。よろしく」

佳人が自然に握手を求めたのに、みのりは応じなかった。佳人の顔と、差し出された右手とを交互に見比べては、黙って立ち尽くしていた。

みのりが唇を開く前に、足音が邪魔をした。

「あら、みいさんは先に来ていらしたのね」

嬉しそうに言う恵利子の後ろに、もう一人、別の女性が立っていた。

「こちらが妹の――」と恵利子が彼女に微笑みかける。

「ハルです。はじめまして」

その女性はにこやかに笑い、会釈をした拍子に肩上までの髪がぴょこんと跳ねた。快活そうな女性で、雰囲気が恵利子によく似ている。ハルは、ゆったりとした若草色の浴衣の上から半纏《はんてん》を羽織っていた。身重のようでお腹は丸々と膨らんでいる。この姉妹が、俺の従姉妹というわけらしい。

「こちらがあなたのお祖父様とお祖母様です」と恵利子が壁に飾られた写真を指差した。

「二人とも、生きていればさぞ喜んだことでしょうね。それにしても——ヨシさんのお手紙を読んで驚いたわ。アキラさんが亡くなっていたなんて。それも、あなたが十二のときに。……東京で、さぞ、ご苦労なさったでしょう」

悲痛な表情の恵利子に合わせて、佳人も一応は俯いて見せた。父の死はとっくに過去の出来事だし、祖父母にしたって、もとからいないものと思っていた人間が死んでいたところで、なんの感慨もない。

「いいえ。まあ、なるようにしかなりませんでしたから」

「もっと早くに見つけてあげられていればよかったわ。アキラさんだって意地を張っていただけで、本心ではこの島に戻りたかったはずだもの」

佳人はあの父と恵利子が姉弟だということが、まだしっくりきていなかった。もっとも、佳人の知る父は、痩せて、虚ろな瞳の、抜け殻だ。溌剌とした恵利子との共通点を探す方が難しい。

洟《はな》を啜る音がして、恵利子が涙を流していることに気がついた。彼女は佳人との再会を喜ぶと同時に、今日の再会に間に合わなかった佳人の祖父母、そして佳人の父に思いを馳せているらしく、惜しみ、嘆いた。ハルがそっとハンカチを差し出して慰めると、恵利子は何度も何度も頷いた。

……参ったな。

振る舞いに困ってみのりに視線をやると、彼女は表情の一切を変えずに恵利子の様子を眺めている。みのりがこの感動劇に付き合うつもりはないらしいことが、佳人の気持ちをいくらか楽にした。

恵利子は涙目で、佳人とみのりを見比べた。

「あなた達、お互いを覚えていないのかしら？　みいさんなんか、あんなにヨシくんヨシくんって呼んでくっついて回っていたのに」

みのりは眉間に皺を寄せ、そっぽを向く。

「そっけない子ねぇ」と恵利子はため息をついた。涙はいくらか収まったようだ。

「すみません。俺も、正直、この島についてはなにも思い出せないんです。たしかにここは、小説に書いた風景とよく似ている。いや、ほとんど同じと言っていいくらいなんですが、それでも……」

「お気になさらないで。ここで過ごしていれば徐々に思い出すかもしれません。たとえ思い出せなかったとしても、私達が家族であることは疑いようがありませんもの」

恵利子の言葉に、佳人はほっと胸を撫で下ろした。思い出せないからといって、すぐに追い出されるという心配はなさそうだ。恵利子達との血縁を示すものは、ツクモヨシトという名前と、父の面影と、自分の小説だけ。それが果たして証拠として事足りるものなのか、まだ足りないのか——どう考えるべきか。これについても、佳人はわからなかった。

「さっそくですけれど、お夕飯の前に、異人さんに挨拶を済ませてしまいましょうか」

三人がいつもの習慣であるという様子で客間を出て行くのに、佳人は慌てて従った。客間を出て角を曲がると、一直線に廊下が伸びていた。暖房が効いておらず、まるで外のように寒い。佳人は歩きながら「異人さんって、誰？　外国人？」とみのりに尋ねた。

「異人さんは異人さんよ」

深く尋ねることは諦めた。佳人の頭に、河彦から聞いた異人殺し伝説が思い出される。

——さっそく、か。


どこまでも続くように思われる長い長い廊下の突き当たりに、その部屋はあった。恵利子が襖を開けると、真正面に小部屋が置かれているのが目に入った。部屋の中に、さらに小部屋がある。檻にも見えるが、そんな、まさかな。

「私はここまでです」と恵利子が退《しさ》り、佳人はみのりとハルに続いて部屋に入った。

まるで祭壇のような、荘厳な雰囲気のある部屋。一番奥が小上がりになっており、その上に小さな部屋が置かれた入れ子構造になっている。繊細な文様の格子は朱色に塗られ、檻というよりは大きな木箱といった印象を与えるが、機能としては檻と呼んで間違いではないのではないか。

みのりとハルは慣れた様子で小部屋の前に並んで座った。ハルに促され、佳人は二人の中央に座る。

間近に座ってみて気がついた。朱い格子の向こう、木箱の中央に、人間が座っている。純白の装束は幾重にも重なり、まるで雛人形のよう。大きな帽子を深く被り、さらに顔の前に薄い布を垂らしている。

挨拶と言うから人間相手だと思い込んでいたが、人形だったのか。こんな辺鄙な島だ。突飛な習わしがあっても不思議ではない。

「ヨシさんが帰って参りました」

ハルは大きなお腹を抱えて深々と腰を折り、頭を畳につけ、そう告げた。

相手は、こくり、と頷いた。

動いた。人間なのか。

頷いた拍子に顔前の布が揺れ、ちらりと布の下が見えた。白塗りの化粧を施しているらしく、真っ白な肌が覗いた。年齢も性別すらもわからない。

「暫し、この島に滞在する予定でございます」

相手はもう一度、こくり、と頷いた。

それだけで挨拶は終わった。

佳人も相手も、一言も発さないままだった。


「驚きましたでしょう？　島の風習なんですのよ」

佳人達が部屋を出た後にハルだけが部屋に居残り、廊下を戻る途中で恵利子が言った。その顔には、少し不安の色があった。

「あの方は、どなたなんですか」

「私の息子です。名を、セイといいます。白の血縁から『異人さん』のお役目に出すのが昔からの決まり事なんですのよ。魔除けのようなものです」

なるほど。もし自分がこの島で育っていたとすれば、自分があの役目に就いていたかもしれないということか。

「彼はずっとあの部屋に？」

「ええ」

「一日中？」

恵利子は頷いた後で、困ったように眉を寄せた。

「……なんと説明したらいいのか。あのお役目は本来、一人だけに担わせるものではなくて、家族で当番制で持ち回るのが普通なんですの。だけど三年ほど前からセイさんが外に出たがらなくなってしまって。それで、今はセイさんお一人が異人さんとして座に就かれているんです。私とも、大喧嘩をしてしまってから一度も……」

へえ、と佳人は頷いた。息子が家に閉じこもってしまったので、お役目を任せることで体裁を保っていると。

「つまりは、引きこもりというわけですね」

恵利子の表情を見て、佳人は口からいつもの軽口が出てしまったことに気づいた。緊張が緩んだせいだろう。引きこもっている本人の母親に対する配慮を欠いた発言であることは明らかだった。

失言を取り消すことも出来ず、佳人は冷や汗が噴き出すのを感じた。

「そうよ」

数秒間の、気まずい沈黙を破ったのはみのりだった。

「立派な引きこもり。ただでさえ狭苦しい島で、部屋からも出ないなんて、そのうちに窒息死するわよ」

「こら、なんてことを言うの！」

ふん、とみのりは鼻を突きあげた。

「ふう。とにかく、うちはそういう風なんですわ。気味が悪いと思われたかしら……」

「いいえ」と佳人ははっきり答えた。さっきの失言を挽回する意味でも、佳人は明確に否定をした。恵利子は笑顔を見せた。

「そう仰っていただけると、嬉しいわ。ヨシさんは東京に住んでいらしたんですもの。きっとこの島について驚くことが沢山ありますわ。遠慮なく仰《おっしゃ》ってくださいね」

「ありがとうございます」

そうして今度は居間に案内されながら、佳人は隣のみのりを盗み見た。相変わらず、つんと澄ましている。さっき彼女が弟のセイに対して嫌味を言ったのは、佳人のせいで張詰めた空気を緩和してくれようとしたのではないか。自らを悪者にして……。なんて、自意識過剰だろうか。

ともかく、佳人はみのりともっと話がしたいと思った。従姉としての興味なのか、女性としてなのか。そのどちらもかもしれない。佳人の視線に、みのりは小声で「じろじろ見ないでよね！」と噛みついた。


その晩の夕餉は、実に豪華だった。錦糸玉子と桜田麩が華やかなちらし寿司には、甘い酢飯に煮つけた野菜がぎゅっと詰まっている。蓮子鯛の南蛮漬けからはほんのりと柚子の香りがし、あら煮の甘辛い醤油味は舌によく馴染んだ。「私が捌《さば》いたのよ」と恵利子が得意げに、盛大な舟盛を指差し自慢した。

食卓には伯父とセイの姿はなかった。セイはまだしも伯父は一家の長なのだろうから、彼が食卓につく前に、食事に箸をつけるのは気が咎める。

「あの、伯父さんは一緒に食事をしないんですか」と佳人が尋ねると、恵利子は「あれはいいのよ」と言った。声には諦観めいた響きが含まれていた。夫婦仲は良くないのかもしれない。佳人は深入りしないことを決めた。

結局、伯父を待たずに食事がはじまった。どれもが彼女達の手料理で、食べ慣れない食材もあったが、佳人は残さずに平らげた。

佳人のお猪口《ちょこ》が空になる前に、恵利子とハルが交互に酒を注ぎ足した。酒は辛口だったり、甘口だったりして、いくら飲んでも飽きることがない。一方、みのりは淡々と、少し離れた場所で手酌している。

腹いっぱいに食べた後に、ハルがデザートを持ってきた。

「プリンを作ったの。お口にあうかわからないけれど」

ハルは遠慮がちに言ったが、もちろん、申し分なく美味しかった。こんな風に誰かと食事をするのは何年ぶりだろうか。少なくとも、家族で囲む食卓は記憶に残るかぎりではじめてだ。

恵利子達や陽炎島についてすべてを受け入れたわけではない。しかし、些細なわだかまりを帳消しにするほどに彼女達の歓迎は素晴らしかった。そして、嬉しかった。彼女達の一挙一動から、佳人を歓迎する気持ちが伝わり、そのたびに「ただいま」と言いたい気持ちに駆られた。

「ハルさんはもう休みなさいな。みいさんは、ヨシさんをお部屋にご案内して差し上げて」

恵利子に言われて、ハルは「はーい」と重そうに腰を上げた。

「それじゃ、ヨシさん。私は先に失礼しますけど、ゆっくりくつろいで頂戴ね。姉さん、ちゃんとお相手してあげるのよ。いつまでも仏頂面していないで」

「わかってるわよ」

みのりは拗ねたように言ったが、その声色には甘えが含まれているのに気づいた。どういう関係性だろうかと量りかねていたが、姉妹仲は良いのだろう。

さっさと立ち上がったみのりに先導されるまま、佳人は玄関から外へ出た。てっきりこの屋敷内に泊めてもらえるものと思い込んでいたが。

佳人を構わずすたすたと歩くみのりの背中を追う。さっきハルに忠告されたばかりなのに全然効いていない。恵利子をはじめ全員が佳人の来訪を喜んでくれているのに、彼女だけが不機嫌そうにしている。

前庭を横切って屋敷の裏手に回ると、広大な庭があった。一体どこまでが家の土地なのか。どこまでも続くような石壁には蔦が這い、その向こう、屋敷を囲むように鬱蒼とした木々が生い茂っている。森は夜風に吹かれてさわさわと葉を鳴らす。

「みのりは、ずっとこの島で暮らしているのか」

「当然でしょ」

彼女は前を見据えたまま答えた。

「年齢は？　俺より下？」

「いいえ。同い年。二十八」

「へえ、そうなのか」と佳人は意外に思った。てっきり二十歳かそこらかと。

「既婚？　独身？」

「独り」

と、突然みのりが立ち止まり、佳人は彼女の背中にぶつかった。なんだなんだと見渡すが、とくに障害になるようなもの——例えば足下に虫がいたとか——は見当たらない。みのりを見下ろすと、彼女は怯むほどに鋭い眼光で佳人を睨んでいた。

「あなたのことは作家さんだと聞いていたから、もっと寡黙で上品な方かと思ってた」

回りくどい言い方だが、批判されていることはわかる。佳人は目を泳がせながら「……ご期待に添えず申し訳ない」と謝った。言ったあとで、どうして自分が謝らないといけないのかと、沸々と苛立ちを覚えた。

「作家だって色んなタイプがいるさ。あんたこそ、狭い視野で、相手をステレオタイプに当てはめるのはどうかと思うよ」

みのりの表情はますます険しくなった。

「私に指図する気？」

「指図ってほどのことじゃないだろ」

「気に食わない！」

――子どもかよ！

佳人は叫びだしたい気持ちに駆られた。とても同い年とは思えない。女の相手なんか滅多にしたことがないが、粗野な性質だと思っていた小車だってこんなにひどくないぞ。

みのりが「あれが離れよ」と指を差す。

敷地の奥に佇む木造平屋の家。母屋である屋敷と比べると随分小さいが、一家族は十分住める大きさだ。

「一人で泊まるには贅沢だな。本当に、ここに泊まっていいのか」

「どうせ誰も使っていないもの。あなただって、私達と屋敷にいるよりは離れで一人でいた方がいいでしょ」

「そりゃ、ありがたい気遣いだな」

それが本心なら、と佳人は心の中で付け加えた。みのりが、自分が屋敷に滞在することを嫌がりでもしたんじゃないのか。……実際、離れの方が気楽なのは事実だが。

戸を開ける。施錠する習慣がないのか、鍵は掛かっていなかった。電気のスイッチを押すと、古びた電球が虫の羽音に似た音を鳴らし不安定に点滅する。みのりは困ったように眉を顰めた。

「今朝までは点いたのに」

玄関正面の襖を開ければ、二十畳はあるだろう居間があった。普段使われていないというみのりの言葉通り、がらんとしていて、申し訳程度の椅子とテーブルが置かれている。佳人は床の上に旅行鞄を置いた。

「布団は隣の和室に敷いてあるわ。一番奥の部屋は、物を押し込めちゃったから開けないようにして」

「わかった。色々とありがとう」

佳人は素直な気持ちでお礼を言った。

風呂場は昔ながらのタイル張りで、レトロな趣があった。タオル類はもちろん、様々な種類の石鹸を用意してくれている。至れり尽くせりだ。

「他にわからないことはある？」

「いや。今夜は寝るだけだしね。朝は、母屋に行けばいいかい？」

「毎朝八時に朝食をとるけれど、寝坊しても構わないわ。私達はだいたい母屋にいるから」

「わかった。なるべく八時に訪ねるよ」

みのりは、ふうと息を吐いた。

「……ねえ、あなたはどう思ってるの？」

「なにを？」

質問の意味が捉えられずに、佳人は困惑して尋ね返した。

「あなたと私達が家族だっていう話よ。それを確かめるために来たんでしょ？　恵利子さんなんかはすっかり信じきっているみたいだけれど、あなたはどうなの？」

みのりは自分の母親を名前で呼んだ。その声からは呆れが伝わってきた。

「あんた達や、この島に関することはまったく覚えてない。思い出せる気もしない。でも、べつに疑ってもないよ」

理解できないという風に、みのりは顔を顰めた。

さっき、夕飯が一段落したときに恵利子が一冊のアルバムを持って来た。佳人が島にいた時期のものだと言う。ページをめくれば、最初の手紙に同封されていたような家族写真が何枚も納められていて、三歳までの佳人と、父親の姿が写っていた。

「昔の写真に写っているのはたしかに俺と親父だったし。あれを見たら疑いようがないだろ」

「本当に？　あなた、三歳の自分を見て、これが自分だって確信できるわけ？」

みのりが、ずいと顔を佳人に近づけて詰め寄った。やたら突っかかるな。……当然か。突然東京から来た男を、自分の従弟だと紹介されて納得できないのはみのりの方なのかもしれない。

佳人は旅行鞄から革の手帳を取り出し、「これ見ろよ」とみのりに向かってひょいと投げた。手帳を胸で受けとめたみのりは、訝しげに佳人を見つつ、手帳を開いた。

「これって」

みのりの目が大きく見開かれる。

「親父が持ってた唯一の写真。形見ってやつ。親父と俺。俺の隣にいるのはあんただろ」

「ええ……。私とあなたは同い年だから、よく一緒に遊んでいたらしいわ」

しばらく、記憶を辿ろうとするようにその写真を眺めたみのりは、やがて手帳とぱたんと閉じ、佳人に押し返した。

「なるほどね。この写真が手元にあったから、飲み込みが早かったの」

「まあ、そういうことさ」

「この写真のこと、恵利子さんには？」

「言ってない」

「どうして？」

佳人は声を低くして言った。

「俺だって不思議なんだよ。……どうして、俺はこの島に呼ばれたんだ？」

今度はみのりが困惑した顔になり、「あなたが、二十五年前に行方不明になった甥だと思ったからでしょう？」と答える。

「本当にそれだけか？」

「一体、なにを疑ってるのよ」

「例えば遺産相続とか、そういう、なにかしらの事情があって俺を探していたとか」

二人の間に、重い沈黙が流れた。

みのりは唇を微かに震わせ、小さく笑い声を漏らしたかと思うと、やがて体を折って大きく笑いはじめた。

「おかしいことを言ったか？」

「……いいえ。ああ、面白い」

「思いっきり笑ってるじゃねーか」

冗談のつもりはなかった分、そう心から笑われると気恥ずかしくなってしまう。言うんじゃなかったと後悔しながら、佳人が頭を掻くのを、みのりは笑うのを止めて興味深そうに眺める。

「なんだよ」

「あなた、本当は言葉遣いが悪いのね。恵利子さんの前じゃ、猫被ってたんだ」

「猫じゃない。礼儀だろ」と言い返しながら、みのりに対して敬語が崩れていることは自覚していた。

「私には懐いてるってこと？」

みのりが悪戯っぽく笑うのに、ドンと誰かが胸を叩いたような感覚に襲われた。驚いた。そんな顔もするのか。なにも返事できずにぽかんとしていると、みのりは急に興味を失ったように背を向けた。

「冗談よ。懐かれても困るわ。おやすみなさい」

「……おやすみ」


みのりの草履の音が遠くなり、嵐が過ぎ去った後の、解放感にも似た気分を味わった。一人きりになって、佳人は他の部屋を確認することにした。みのりの言い方だと居間の他に二部屋あるのだろう。離れは縦に細長い造りをしており、玄関から水平に真っ直ぐに通路が延びる。正面に居間。その隣にはまた部屋がある。居間の半分ほどの広さの和室で、中央に布団が敷かれていた。和室の向かいには台所があるが調理器具は置かれていない。その隣にトイレと風呂場。誰も使っていないとみのりは言ったが、どこも綺麗に維持してある。

通路の突き当たりに、扉があった。あれが物置になっているという部屋だろう。一通り確認を終え、佳人は居間に戻った。もう十時だ。


熱めの湯船に浸かると、知らず知らずに体が冷えていたのを感じた。ゆらゆらと立ちのぼる湯気のなかに、深く息を混ぜる。

恵利子といい、島民達といい、初対面の人間が自分のことを知っているのは不思議な感覚だ。恵利子のほうはすっかり自分のことを甥だと思い込んでいる。

佳人が陽炎島に住んでいたのは三歳まで。みのりの言う通り、成長するにつれ顔立ちは変わる。いくら面影が残っているとしても、それだけで目の前の人間が、自分の記憶の中の子どもと同一人物だと確信できるものだろうか。ほくろや痣など身体的な特徴でもあれば目印になるが、そんなものはない。

自分も、父親が所持していた家族写真がなければ、すぐに信じることはできなかったかもしれない。小さい頃の自分の顔なんて、うまく思い出せないのが普通じゃないか。

この島が故郷であるという実感は一向に湧いてこなかった。もしかして島に来れば懐かしさを感じたり、記憶が刺激されたりするのではと密かに期待していたが、まったくその気配はない。

残念なような、安堵するような。

風呂場を出ると、玄関に明かりが灯っていた。電球が取り替えられている。

みのりが訪ねていたのか。こんな遅くに悪かったな。風呂に入っていたから声を掛けなかったのだろう。声を掛けてくれたら手伝ったのに——などと考える自分が意外だった。なんだ。子どもっぽい女だと馬鹿にした割に、随分と好意的に見ているじゃないか。

そうだ。変な感情じゃない。幼い頃に仲が良かった従姉。再会して親しくなれるなら嬉しいと思うのは当然じゃないのか。

和室の窓から屋敷の庭が見える。窓を開けると、錆びた蝶番がキイと軋んだ。佳人は縁側に座り、吉田に貰った煙草に火を点けた。

ちりーん……。

どこからか高く澄んだ鈴の音が聞こえた。冬は遠くの音がよく聞こえるものだ。音に惹かれて、佳人は縁側から身を乗りだした。縁側の縁を掴み庭を見渡す。また、鈴が鳴った。玄関に回って靴を履き、庭へ降りた。屋敷の表の方からだ。

屋敷の門をくぐって少し下ったところで、眼下に薄らぼんやりと光が見えた。家々の蝋燭の灯りが坂に沿ってぽつりぽつりと浮かんでいる。闇夜に揺らぐ小さな炎が美しい。

その坂道を、なにかがゆっくりとのぼってくる。

佳人は目を凝らした。あれは提灯の灯りだ。赤く照らされ、集団の姿が浮かびあがる。

——火の用心の夜回りか。

冬の乾燥した時節柄、東京でもよく見かける光景だ。拍子木ではなく鈴を慣らすのは土地柄だろうか。

ちりーん……。

提灯には文字が書かれており、遠目にはぼやけて見えづらいが、一文字目は「日」と読める。

提灯が近づくにつれ鈴の音も大きくなる。

佳人は道を外れて、脇の雑木林に身を隠した。集団は九人いた。誰もが白装束を身に纏い、顔には真白い面を被っている。昼に対面した異人さんとやらの出で立ちに似ているが、簡素で、模様もない。していないという印象を与える。

鈴の音が冷えた空気にこだまする。彼らはどこまで行くのだろう。この坂の上には、白家の屋敷しかない。

暗がりから集団を真横から捉えたとき、佳人は思わず口元を抑えた。「日」だと見えた一文字目は、そうではなかった。「白」だ。あれは、名前だ。


——父だ。

提灯に書かれているのは父の名だった。

ちりーん……。

佳人の目と鼻の先で、集団のうちの一人が鈴を垂らした紐を振った。気温零度を下回る夜を、軽装で歩く姿は、異様である。

とても声を掛ける勇気はなく、佳人は見つからぬよう息を殺した。風の冷たさに身震いしながら行き先を見守るうち、彼らは白家の屋敷の前まで辿り着いた。


ちりんちりんちりりーん……。


数度、鈴を荒々しく鳴らして、彼らは門前で頭を垂れた。しばらくして、彼らは今しがた登ってきた坂を下っていく。佳人は木の幹に背中をつけ息を潜める。

夜回りではないのか。これも異人伝説に関係する神事なのかもしれない。不気味なような、幻想的なような……。とにかく、恵利子の言った通りこの島について驚くことは沢山あるようだ。


離れに戻り布団に潜ると、急に眠気が襲ってきた。

毛布を首元まで引きあげて暖を取りながら、思考はまた恵利子達のことに及んでいく。

いくら血縁といえど、こんなにも長らく会わなかったのだから、すでに他人に等しい。それでもわずかな手掛かりを手繰って自分を見つけてくれた。きっと感謝すべきなのだろう。

家族。自分が諦めていたもの。
求めてはならなかったもの。
それを……手にしてもいいのだろうか。安らいでもいいのだろうか。
人生を棄てなくても、いいのだろうか。
やわらかな思考のなか、佳人はうっとりと眠りについた。

第二章　家族

早朝。あくび混じりに玄関を出ると足下に小気味よい感触があった。霜を踏んだのだ。佳人は庭先にみのりの姿を見つけ、軽く手をあげる。みのりは佳人を一瞥し、ふいと顔を背けた。

「おはよう」

みのりは母屋の縁側から出て来たらしく、素足に草履を引っ掛けただけで、白い爪先がほんのり紅く染まっている。

「立派な花だな」

昨夜は気がつかなかった。この厳冬だというのに庭には見事な花が咲き乱れている。恐らく、朝顔の一種だろう。朝露に濡れた白く大ぶりな花弁が、今にも開かんとしている。

「あんたが世話をしているのか」

「まさか。ここら一帯に自生しているのよ。島の人は喇叭草《らっぱぐさ》と呼んでる。放っておいても勝手に咲くわ」

彼女は突き放すような口調で言った。

ビー玉のように丸い瞳。澄んだ瞳色は、島の内海の凪いだ水面を思わせた。下唇を噛むと、やわらかそうな唇にかすかな皺が寄った。

「ねえ。人の顔をまじまじと凝視するのはやめて」

眉を顰めても、横顔の綺麗な曲線は崩れない。高い鼻に朝の光が反射する。黒いおさげ髪はしっとりと、濡れたように艶やかだ。

「ねえってば」とみのりが語気を強めて、佳人は、はっと顔を背けた。「癖なの？」

「ごめん」

反射的に謝罪する。気まずさが胸の中に立ち込めた。

「あなたが私の従弟だなんて、なにかの間違いね」

捨て台詞のように言い放って、みのりは母屋へと歩く。いちいち突っかかってくるみのりに、佳人は腹が立つどころか微笑ましい感情を抱いていた。

「あら。お二人さん揃って。仲がよろしいこと」と居間で出迎えた恵利子は割烹着で手を拭きながら上機嫌に笑った。

「ねえ、ヨシさん。みいさんは美人でしょう？」

「ええ」

佳人が素直に頷くと、恵利子はあからさまに喜んだ。スキップでもしそうなほどに足取り軽やかに台所へ戻っていくのを見て、みのりがわざとらしくため息を吐いた。

「なあ。今日は島を見て回りたいんだ。案内してくれないか」

「嫌よ」とにべもなく断られる。

「少しくらい、いいじゃない」と恵利子が口を挟んだ。「ヨシさんもずっと家にいたって退屈ですもの」

「嫌。この人と島をウロウロしたら、奇異の目にさらされるわよ」

直接的な物言いだった。

それもそうだ。

若い時分に島を出て行った男の息子が三十手前になって帰ってきたとなれば、興味の的になるのは当然だろう。昨日、佳人を出迎えた人数を思い出しても、佳人が到着するずっと前から噂になっていたのは間違いない。そんな人物と連れ立って歩くのを嫌がるみのりの気持ちは理解できる。

「それなら、裏の海を見て来たらどうかしら。あそこは人も来ないし。ねえ、ヨシさん。海はお好き？」

「ええ、まあ」

返答に躊躇が混じったのは、のんびり海を眺めるような気温ではないと思ったからだ。佳人の心中などおかまいなしに、恵利子はてきぱきと水筒に煎茶を注ぎ、水筒をみのりに握らせ、太いマフラーを佳人とみのりに巻き付けて、玄関先へ追い出した。

「恵利子さんったら」とみのりは恨めしそうに後ろに視線を送り、渋々と坂を下っていく。下り坂の途中で、彼女は雑木林へ足を踏み入れた。昨夜、佳人が身を隠した辺りだ。

よく使われる通い路なのか、藪は切り開かれて、土は踏み固められている。

しかし整っているとはいえ、獣道だ。お世辞にも足場が良いとはいえない道を、みのりは草履ですいすい進む。雑木林は小山になっており、急斜面が続いた。昨日の積雪のせいで地面はやや湿っている。滑らないように地面の窪みにスニーカーのつま先をしっかりと当て、両足を踏ん張って斜面をのぼっていく。つい先日新調したばかりのスニーカーがみるみる薄汚れていくのが惜しい。

だんだんと息が切れはじめ、肺に冷たい空気が流れ込んで苦しい。脇腹が痛い。まともな運動をしたのは久々だ。昔は力仕事に勤しんでいたが、小説が売れてからはめっきり運動不足なのだ。

「なあ、裏の海ってどの辺りにあるんだ？」

みのりは答えずに早足に歩く。周囲にはそこら中に喇叭草が群生していた。みのりの言う通り勝手に増える丈夫な植物らしい。白い大輪の花が、土を這い、木の幹に巻き付き、あちらこちらで首《こうべ》を垂れている。山いっぱいに甘い香りが漂い、恍惚とした気持ちにさせられる。

斜面をのぼりきったところで目の前がぱっと開けた。薄暗い山の木々の合間から、海面が光っているのが見える。浜辺はそう遠くはない。

そこからはなだらかな斜面を下る一方だった。やがて地面に砂が混じりはじめる。すぐ傍に波の音が聞こえた。

こちらから反対側の岩場まで、美しい砂浜が弧を描く。海風が潮の香りを運んだ。波がきめ細かな砂をさらさらと浚っていく。凪いだ海面に、陽の光が瑞々しいきらめきを落としていた。水平線上にはいくつもの島影があり、この島が幾多の小島のうちの一つに過ぎないことを思い出させた。

港を表として、ほぼ反対側に位置するから裏なのだろう。砂浜を踏む。やわらかな砂に靴裏が沈む。二人分の足跡が規則的に並ぶ。

「あなたには自主性ってものがないの？」

隣を歩きながら、みのりが射るように佳人を睨んだ。

「どういう意味さ」

「恵利子さんは、あわよくばあなたに島に残ってほしいのよ。そのために私とあなたをくっつけようとしてるの。あんなにわかりやすいじゃない」

「ふうん」

恵利子の態度を思い返しながら、佳人は頷いた。

「どうでもいいよ。第一、あんたは俺を嫌ってる。嫌われてる相手とくっつきようがないだろ」

「嫌ってるわけじゃないわ」とみのりは遠慮がちに反論した。

「じゃあ、好き？」

「会ったばかりで好きも嫌いもないでしょ」

至極もっともな意見である。昨日会ったばかりの人間を、娘にあてがおうとする恵利子の方がどうかしている。……どこまで本気かはわからないが。

砂に草履を取られてみのりが体勢を崩し、倒れそうになったのを咄嗟に肩を抱きとめた。みのりは「ありがとう」とお礼を言って、一歩、佳人から距離をとった。

少し離れて、砂浜を歩く。

佳人は水平線を見つめた。朝の海は風もなく、穏やかだ。

……こんな辺鄙な島だ。男女の出会いなどそうそうないだろうな。みのりの年齢を考えれば、恵利子が焦りのあまり、突飛な発想になってもおかしくないのかもしれない。

もしかして、それを期待して自分を島に呼び寄せたのではないだろうな。従姉弟は結婚できるし血の上では問題ないが。

頭に過ぎった考えを、すぐさま否定した。馬鹿馬鹿しい。いくら娘を嫁がせたいからって、それだけのために甥を探すはずがないだろう。現在どんな人間に成長したかも知れないのに。だったら島外の、近場で調達した方がよっぽど安心安全だ。こうして会ってみて相手として都合がいいと思われているとしても、それはあくまで結果の話だ。

「ねえ、東京ってどんなところ?」

足を止め、みのりが振り返った。長いおさげがふわりと宙に舞って、無風のうちに落ちた。

「どんな？」

佳人は答えに迷った。東京がどんな街かって、聞かれたことも考えたこともない。

「まあ、ここと比べたら人間は多いよ」

「あとは？」

「建物が多い」

「……他には？」

「電車も多いな」

あからさまな不満のため息が、白く、佳人の腕を撫ぜた。

「楽しいところ？」とみのりが質問を重ねた。

「楽しかないよ」

「そうなの？　だって東京ってなんでもあるんでしょ」

「なんでもあるけど、どれも俺の物じゃない」

ポケットを探ると煙草とライターがあった。一本咥えてからライターに火を点ける。

「酸っぱい葡萄だよ」

みのりが、佳人が咥えたばかりの煙草を指でつまんで取りあげた。そのまま自分の唇に吸わせ、ふうっと煙を吐いた。

「なるほどね。そうかもしれない。……どこも同じね」

遠い目をして呟く。みのりが煙草を自分のものにしてしまったので、佳人は新たな煙草に火を点けた。それを見たみのりが「煙草は体に悪いわよ」と注意した。どの口が言うんだと佳人はみのりを小突く。

「……ここは、最低な島よ」

「あんたは、やけに反抗的だな」

「あら。本当に反抗的だったらとっくにこの島を出て行ってるわ」とみのりは自虐的に笑った。

こういう女は、東京ではまず見ない。自分を寄せつけようとしない頑なな態度に、ふと垣間見せる諦念の表情がやけに優しい。

またしても彼女の横顔を凝視している自分に気づき、佳人はそっと視線を外した。

「まあ、変わった島だとは思うよ。昨日の、あんたの弟には驚いた」

佳人は正直に言う。

「実は、この島に来る前に少し調べたんだ。『異人殺し伝説』というのがあるんだろう？　あんたの弟の、セイが『異人さん』と呼ばれているのに関係するのだろうか」

みのりは意外そうな表情で「調べたって……そんなの誰から聞いたの？」と尋ねた。

「仕事関係の人だよ」

「……そう。こんな辺鄙な島のこと、一体どうやって伝わるのかしら。不思議だわ」

「最近じゃ一般家庭にもインターネットが広がってる。情報化社会だって話だぜ。そのうち日本中の、いや世界中の情報が共有されることになるとかって」

「よくわからない」

みのりはつまらなそうに煙草をふかしながら、砂浜の貝殻を拾って放り投げた。

「それで、その人は異人殺し伝説についてなんと話したの？」

佳人は、河彦から聞いた話をそのままみのりに話して聞かせた。話を聞き終えたみのりは「まあ、概ね合ってるわ」と言った。

「祭祀ってのは、本当にやってるのか」

「いくらでもあるわよ。初詣だって神事といえば神事でしょ？　でも、そうね。一番近いものだと、年明けの七日のホーゲンキョウかしら」

「ホーゲンキョウ？」

聞き馴染みのない言葉だ。

「神社の境内に、竹や藁で巨大な人形を組んで、その中に門松やしめ縄や御守りなんかを投げ入れて燃やすの」

これには肩透かしを喰らった気分になった。勝手ながら、異人伝説にまつわる奇祭を期待していたのだが、どんど焼きや左義長と同じ類の行事である。この辺の地域ではそれをホーゲンキョウと呼ぶのか。

「ま、人形のかたちってのは珍しいな」

どんど焼きなら、櫓《やぐら》か、ただの焚火にするものしか見たことがない。

「そうなの？」

「人形を燃やす祭りっていうと、そうだな。外国なら、サン・ホセの火祭りや、ロシアの春祭りが思い浮かぶけど」

「ふうん。物知りね。海外にも行ったことがあるの？」

「ないよ。読書が趣味だから、雑学ばっかり増えてなんの役にも立たない」

佳人が答えると、「私も本を読むのは好き」と、不意に表情がやわらかくなったのにはっとした。

「祭りは一月七日か。見てみたいな」

「あら！　見世物じゃないのよ。この島で守り継がれてきた神事なのだから。まして、小説なんかに書いたりしないでよね」

心外だという風に言われ「もちろん書くつもりはないよ。……気を悪くした？」とみのりの顔を覗き込む。

みのりは俯いた。

「そう怒るなって。どうせ、明後日には俺はいなくなる。それまで仲良くしよう」

佳人はみのりに握手を差し出したが、彼女は応じる代わりに、佳人が浜辺に捨てた吸殻を拾いあげた。

「ねえ、一つ聞いてもいい？　お父さんは、なぜ亡くなったの」

「自殺だよ」と佳人は両の拳を重ね、腹の前で真一文字に切る真似をした。

「自分で腹を切ったんだ。イカれてたのさ」

みのりは目を丸くして、言った。

「それ、切腹ってやつ？　本当にやる人がいるのね。お侍さんみたい」

感心したような口ぶりだ。予想していた反応と違い、佳人はたじろいでしまった。あの小車ですら、話したときには腫れ物に触るような反応をしたというのに。

「もしかして、呪いが関係しているのかしら」とみのりは真剣な面持ちで言う。

「呪い？　なんだよ、それ」

「あら、この話は知らないのね」

みのりは小さくなった煙草を、その辺に落ちていた貝殻の内側に押しつける。その瞳は三日月のように細く、嗤った。

「私達は、異人さんに呪われているのよ」


散策から帰ってみれば恵利子は留守にしていた。みのりは疲れたと言って早々に自室に籠ってしまい、ハルも休んでいるのか姿が見えない。佳人も離れに戻ろうか迷ったが、思いついて、今度は表の港まで歩くことにした。

電話ボックスの汚れたガラス扉を押して入った。緑色の電話機が乗った台の下に溜まった枯れ葉がカサカサと音を立てた。テレホンカードを差し込んで、名刺に書かれた電話番号を押す。十回ほど呼び出し音が鳴った後に「もしもし」と気怠い声が聞こえた。

「すみません。寝てましたか？　俺です。津雲です」

「……ああ、先生！　どうしたんですか？　陽炎島には無事着きましたか？」

ロケコーディネーターの元河彦だ。

「はい。お陰さまで。明後日には帰りますが、一応、河彦さんには報告しておこうと思いまして」

「いやあ、わざわざありがとうございます」

河彦と短く雑談をして、電話を切った。続けて出版社にも電話を掛けてみたが、あいにく小車は外出中ということだった。

急ぎの仕事もないので数日くらい東京を離れても問題ないと思っていたが、パソコンでメールが確認できないことが気掛かりだった。ついこの間までは所持すらしていなかったのに。慣れとは恐ろしい。小車のアドバイス通り、デスクトップ型ではなくノート型にしておくべきだったか。

時代に取り残された島だ。コンビニもなければ、スーパーもない。恵利子の話によれば、野菜は畑で育てているし魚は島で獲れる。その他の日用品は、島唯一の商店を利用するか、船を所有する人がまとめて買い出しをするのだそうだ。それで事足りるらしい。東京で当たり前にあるものが、ここにはない。

――しかし、その逆もあるに違いない。この島にしかないものが。

波止場の係柱に寄りかかり、煙草を燻らす。昔から、人付き合いが苦手だった。貧乏が理由でもある。佳人の父は定職に就けなかったし、その日の食事にも困る有様だった。親子には貧しさを笑い飛ばせるほどの明るさもなく、幼少期の思い出は暗い。

父が死んで以降も碌なことはなかった。ましになったのは、大人になってから。多少の金を自分で稼げるようになり、気持ちがいくらか前向きになったのは、つい最近のことだ。

ずっと、自分だけが群れの外にいる気がしていた。都会の真ん中に突っ立っていると、誰も彼も自分とは違う。学生服に身を包み参考書片手に受験する学生達。会社に通うサラリーマン達。妻と子どもの手を引く父親達。ビルの灯りは二十四時間消えないが、どこにも自分の居場所はない。マンションやアパート、家々の灯りを見つめたところで、その窓は開かれない。子どもの時分からずっとそうだ。俺だけ一人。俺だけ仲間外れ……。

「おや。ヨシさんでねえの」

はっとして振り向くと、すぐ後ろに吉田が立っていた。佳人は煙草を下ろして「昨日はありがとうございました」と会釈した。

晴れているのに、今日も黒のダウンジャケットのフードを被っている。吉田は「いいのよ、いいのよ」と大声で佳人の背中を遠慮なしに叩いた。背中を丸めて、愛想笑いを浮かべようとしたら、つい本気の笑い声が漏れた。吉田の陽気さにつられてしまった。

「吉田さんはお元気ですね。俺より若々しいくらいです」

「んなこたねえよ。俺は、もうすぐ古希なんだから。爺さんだよ」

古希ということは、七十歳？　佳人は素直に感心した。

「すごいな。若さの秘訣はなんですか？」

「ヨシさん、そりゃ、この島にいりゃなーんも心配事がないからよ。心配すっから人間は老けるんだ。お金のこと、健康のこと、老後のこと……考えても仕方ねえのにアレコレ考えるから、都会モンは精神から老いちまうんだな」

朗々と笑い声を響かせながら、吉田は煙草に火を点けた。彼もなかなかのヘビースモーカーだ。

「ま、すぐには馴染まんわな。漢方でも飲んで体の中から整えたらいいかもな」と言い、吉田が漢方薬を一包、佳人の手に握らせた。

「これは？」

「俺の漢方だよ。変なモンじゃねえから、白湯で飲んでみろ。一包くらいじゃ効き目はねえかもしれないが、おんなじのを恵利子さんも飲んでるから、気に入ったらもらえばいい」

似たようなことを、前に小車も話していた。冷えを改善するためだとか言って、食事の前に嘔吐しそうになりながら飲みくだしていたことを思い出す。「やっぱり東洋医学に頼るしかねーよ」などと言って服用を勧められたが、あまりの苦味に断念した。

「ありがとうございます。飲んでみます」

「そうしろ。ヨシさんはまだ若いんだから、人生諦めた顔しなさんなよ」

溌剌とした吉田の態度に、こちらまで元気になってくる。

「島で不便はないかい」

「ええ。恵利子さん達によくしていただいています」

「そりゃ良かった。東京モンには退屈だろうと思うがねえ。仕事が大丈夫なら、正月までいてやんなよ。恵利子さん喜ぶよ」

ほら、と吉田は太った腹をぽんと叩いた。

「あそこはハルさんが身重だろう。恵利子さんの旦那も悪い人じゃねえんだが、喋らんからねえ。あんたが賑やかしにでもいてくれたら、恵利子さんの気分も晴れるだろうよ」

佳人は「はあ」と曖昧に頷いた。

「そうしたいのは山々なんですけどね。仕事もありますし、予定通り、明後日には東京に戻りますよ」

実際は、仕事などどうにでもなるのだが、さすがにはじめての訪問で長く滞在するのは気が引ける。

「まあ、もし恵利子さんが歓迎してくださるなら、また近いうちに」

「それは、そりゃ歓迎するだろうがよお」

吉田は煙草の煙を吐き出して、「みいさんとは、どうだい」と尋ねた。

みいさん――みのりの愛称か。

「好かれてはいないんじゃないですか。血縁といえど、余所者ですから」

吉田は「そりゃあいけねえな」と顔を顰めた。

「仲良くやらねえと。あんたは、東京に恋人でもいるのかい」

「まさか」

「そうか。じゃ、男の見せ所だな」と吉田は佳人の背中を叩いた。吉田はまたしても、別れ際に、佳人の手に煙草を一箱押し付けて去って行った。


吉田の猫背を見送り、苦笑する。独身の男女といえばくっつけたがるのが田舎の特性だろうか。話半分に聞き流すのがいいだろうと思う。

吉田のくれた漢方と煙草を上着のポケットに仕舞い、佳人は腹から笑いたくなった。自分は歓迎されている。島に受け入れられている。それどころか、もっと滞在してほしいと望まれている。これまでに味わったことのないような自己肯定感が全身を包んでいた。小説でデビューしたときも、重版されたときも、映画化が決まったときも、これほどまでに高揚はしなかった。

ふたたび屋敷へ戻る頃には、母屋から料理のいい匂いが外まで漂ってきていた。台所では恵利子が割烹着を着て包丁を握っている。てきぱきと料理をする恵利子の後ろ姿を眺め、記憶にない母親の姿が重なった。

母は、どんな人だったのだろう。父とどこで出会い、どんな風に別れたのかも知らない。一時期でも、幼少の佳人に料理を作ってくれたことがあったのだろうか。こんな風に。

「あら。ヨシさん、おかえりなさい」と恵利子が包丁を手にしたままで振り返った。

「もうすぐ昼食にしますから、みいさんとハルさんを呼んできてくださる？　ちょっと手が離せないの。二人の部屋は、廊下を曲がったところの両隣ですから」

「あ、はい」

恵利子に頼まれて、佳人は二人の部屋へと向かった。まだ到着して二日目だというのに、家族みたいなやり取りがむず痒い。

突然、どこかで大きな物音がした。なにかが倒れるような。それなりの重さの物が床に落ちたような――と、佳人ははっとした。まさか、ハルが倒れたのでは。

佳人は冷えた廊下を駆け抜け、音のした一室の襖を、ぱんと開けた。

襖の向こう、異形と目が合った。

真っ白な顔に、大きさが異なる大小の目。鼻はなく、歪な口がぽっかりと穴を空けている。

「わあっ」

後ろに何歩かよろめいた拍子にバランスを崩し、佳人は尻餅をついた。

目が合ったのは——面であった。顔に被る、お面だ。祭りで売られているような玩具ではない。和紙で作られた張り子の異形の面が、壁一面、所狭しと並んでいる。

「やだ。ヨシさん、大丈夫？」

取り乱している佳人に、ハルの声が降ってきた。

彼女に手を貸されて起き上がりながらも、心臓はまだばくばくと鳴っている。ハルはしばらく我慢して、ぷはっと可笑しそうに笑いだした。

「ヨシさんってば。案外、怖がりなのね」

「物音がしたから……倒れたのかと思って」

「あら。心配してくださってありがとう。でも大丈夫。さっきは物を落としてしまっただけ」

見ると、床に筆や空のバケツが散らばっていた。拾おうと身を屈めるハルを制して、代わりに拾い集める。

「この部屋は、なんなんですか？」

「私のアトリエ。神事やお祭りで使う『皮面《ひめん》』を作ってるの。なかなか上手でしょ？」

「皮面？」

「そう。このお面の名前」

得意げに言い、ハルが面を被る。

佳人はあっと声をあげた。昨晩、提灯を手に提げた集団が被っていた、あの面じゃないか。

「これを全部、ハルさんが？」

「うん。お祖父さんから教わった、私の唯一の趣味みたいなもの。ホーゲンキョウも近いし、出産前に作ってしまわなきゃ」

ハルは両腕で拳を作り、気合いを入れるポーズをとって見せる。

みのりが言っていた例の祭祀で使うのか。そういえば河彦からメールを貰ったときに何枚か島の参考写真を添付してくれていた。その中の一枚にこれとよく似た面があったことを思い出す。

壁一面に掛けられた面が、無表情に佳人を見下ろしていた。

「すごいですね……」

「ありがとう。あのね、私にも敬語じゃなくていいよ。ヨシさんの方が年上なんだし、それに従兄妹なんだし」

屈託なく言われて、佳人は「じゃあ遠慮なく……」と答えた。

ハルは可愛らしい女性だ。しかし彼女の夫は、お腹の子の父親はどこにいるのだろう。この屋敷に住んでいる様子はないが。結婚はしているのだろうか。未婚なのだろうか。……彼女達が話題にしないところから察するに、訳ありなのだろう。勘繰り過ぎかもしれないが、恵利子夫妻の妙な感じといい、あまり男運に恵まれない家系なのかもしれない。

「ヨシさん。姉さんとはうまくやれてる？」

「え？　どうして？」と佳人は笑顔を取り繕った。恵利子や吉田だけならともかく、ハルまでもが、佳人とみのりの仲を気にするとは意外だった。

「うーん、こんな島じゃ仕方ないんだけれど、あの人ちょっと浮世離れしているところがあるから。考えが後ろ向きっていうか、斜に構えているっていうか」

そういうことか、と佳人は笑いを漏らした。

この姉妹の性質は真逆だ。硬質で無愛想なみのりに対して、ハルはやわらかく明朗。ハルは母親似なのだろう。みのりは、あの無口な伯父に似たのだ。

「大丈夫。俺も明るい性質じゃない。そういう意味では似た者同士かもな」

「そうなの？」とハルはぱあっと顔を明るくした。

「じゃあ、上手くやってよね。ヨシ兄さん」とハルが小突いて茶化すのに、佳人は照れ隠しに頭を掻いた。

「そういや、君達の一族が呪われてるって言ってたよ」

話題を逸らすために佳人が言うと、ハルはまた高らかに笑った。カラっと明るいハルの笑い声に佳人もつられて頰が緩む。

「あはは。ヨシ兄さん。他人事みたいに言っちゃって」

笑いながら、佳人は顔が引き攣るのが自分でわかった。

ハルはそれ以上言葉を続けずに、くすくすと一人で笑いながら筆を塗料の入った壺にどぼんと落とす。

——異人さんの呪いとやらをハルも信じているのだろうか。

「……恵利子さんが、もうすぐお昼ご飯にするってさ」

「わかった。これだけ描きあげたら行くね」

ハルはそう言って、椅子に腰かけた。面を左手に持ち、筆先を、面の曲線に這わせて深い黒を乗せる。ハルの表情には職人さながらの真剣さが窺えた。

「昨晩、この面を被って提灯を持って歩く人達を見たよ。あれも神事？」

筆が不自然にぐにゃりと折れ、完璧な弧が歪んでしまった。ハルの顔からは表情が消え、能面のようにのっぺりと無感情に、佳人を見ていた。

「提灯？」

なにかまずいことを言ったらしいと察した。余所者が見てはいけないものだったのだろうか。

「ごめん。部屋まで鈴の音が聞こえてきたから、気になってしまって。提灯にも俺の父の名が書かれてたし——」と言い訳のように捲し立てる。

「名前って」とハルが唇を震わせたとき、部屋の襖が開いた。

「なにしてるのよ」

みのりだった。

「あなた達を待ってるのよ。ご飯が冷めちゃうから、早く来て頂戴」

「ごめん、姉さん！　ヨシさん、行きましょ」

そう返事をしたハルの顔には、いつもの笑顔が戻っていた。


その夜は恵利子が近所の人から日本酒をいただいたと言って、一升瓶を開けてくれた。昨日に引き続き、また酒盛りをする羽目になってしまった。

時折、みのりが意味ありげに佳人を流し見るので、居心地が悪いような、むしろ愉快なような、複雑な気分にさせられる。

「ハルさん。セイさんは、ヨシさんが帰ってこられたことについてなにか言っていらした？」

「なにも」とハルは首を振った。

「そう……。セイさんが出て来られるきっかけになるかと思ったのに。いつまでも、セイさんお一人にお役目をお任せするのも……ねえ……」

恵利子がちらりと佳人を見た。

「セイは今はそれどころじゃないんじゃない？　私の体を心配してくれているんだと思うの。前に流産したときに私がわんわん泣いてしまったでしょ。色々と落ち着いたら、ヨシ兄さんのことにも気が回るって」

さらりとハルが口にした事実に、佳人はぎょっとした。流産。妊婦とは無縁の自分にとって、その言葉は衝撃的だった。

「でもねえ……。そうだわ。ヨシさん、もしよかったら、東京へお帰りになる前にセイさんとお話ししてくださらない？」

「ちょっと、恵利子さん」とハルが咎めるように口を挟む。

「え？　ええ――構いませんが――」

「ありがとう。この島には若者が少ないから、年が近いヨシさんが話し相手になってくださったら気が紛れるかもしれないわ。男同士の方が気兼ねがないでしょうし。ぜひ明日にでも……」

どん、とハルが机を叩いた。

「私、もう寝る」

一同は驚いて、唐突にハルが部屋を出て行くのを見守った。

「ハルさん、どうしたのかしら」

目を丸くした恵利子に、みのりは肩を竦めてみせた。

「情緒不安定なんじゃない。お産が近いから」

自分では酒豪だと自負していた佳人だったが、恵利子もみのりも佳人を上回るほどの見事な蟒蛇《うわばみ》で、その晩のうちに一升瓶は空になってしまった。

二夜連続で飲みすぎてしまった。アルコールによる熱が気持ちよく感じられる。この島に来てから、時間が経過するにつれ、これまでにないほどに心が穏やかになるのを感じていた。自分が自分ではないようだ。

佳人は和室の掃き出し窓を開け、窓枠に背を預けて座った。今夜も、寒々として静かな夜だ。庭に咲く喇叭草の香りが、より甘く感じられる。

——昨晩の、あの集団はなんだったのだろう。

提灯を見たと伝えた際のハルの反応が気にかかる。やはり盗み見たのはまずかったか。軽率にハルに尋ねるべきではなかった。神事に禁忌はつきものだ。

禁忌には、一定の期間、特定の食べ物を口にすることを禁じられる食事制限や、女性との接触や歌唱の禁止などが課せられる行動制限。そして、女人禁制または男子禁制などの、神事そのものへの参加制限などがある。

参加制限の中には、神事を執り行う地域住民以外の——つまり余所者の参加を禁じる、いわゆる秘祭とされるものがある、昨晩のあれも余所者を断つ秘祭の類だったとすれば、ハルが動揺したのも頷ける。いくら血縁とはいえ、佳人はまだ島の一員とは言えない。

——しかし、なぜ父の名が。

わからないことをアレコレ考えても仕方ない。吉田の言葉を見習って、もっと肩の力を抜こう。

そろそろ眠ろうと窓に手を掛けたとき。ふっと、視界の端をなにかが横切った。

――なんだ？


庭を駆け抜けるような足音と、影。

狸や鼬《いたち》にしては大きく思えたが、まあいい。どうせ裏の山に生息する野生動物だろう。真冬なのに活発なことだ。

ふたたび窓を閉めようとしたが、なにかに引っかかって閉まらない。建て付けが悪いのだ。サッシごと掴んで、窓枠のレールを確認しようと身を屈めたところでぎょっとする。

窓に、白い顔が挟まっていた。

声にならない悲鳴をあげて、佳人は後ろ手をついて後ずさった。顔が半分、窓から部屋を覗いている。真っ白な顔。大きさの違う大小の目。ハルが作っていた皮面だ。なぜこんなところに。

自分が気づかなかっただけで、ずっとそこにあったのだろうか。落ちて、挟まっていた？　いや。さっきまで自分が座っていた場所に、面など落ちていなかった。じゃあ、なぜ。

面が九十度傾き、にい、と笑った。

ように見えた。

――皮面じゃない。

突如、大風が吹いたように窓が揺れた。

その白い顔が、不揃いな両目をぎゅっと右端に寄せた。眼球が動いたのではない。まるでオタマジャクシが顔面を泳ぐように、黒目そのものが顔の端に寄ったのだ。なんだ。なんなのだ。

顔が縁側の下に引っ込み、パタパタと足音を立てて去っていった。

去っていったのだ。

体がある。あの顔には、体が。実体がある。妖怪か、化生の者に違いない。佳人は、居間の中央でしばらく動けずにいた。ようやく全身の震えが治まると、今度は、あの顔がなぜ去ったのかが気になりだす。さっき庭を横切った狸か鼬を追っていったのではないか。

佳人は旅行鞄から包丁を取り出した。刃先は布で何重にも包んである。その布を手荒に剥ぎ取ると、古びた牛刀包丁が現れた。父の形見で、随分古い物ではあるが、普段から手入れはしてある。……護身用だ。誓って人に向けたことはない。御守りのようなものだ。

牛刀包丁を手にし、佳人は縁側から庭へ出た。明らかにさっきまでと空気が違う。周囲は静かで、虫の声もしないが、なにかの気配がある。足音を立てないように、なにかが走っていった方をそろそろと追う。母屋の陰から門が見えた。この方向は、屋敷の正面に出るのだ。

風がひゅうと唸る。

辺りを見回しても、なにもない。屋敷を囲う塀の奥で、裏山の葉がざわめく。下から、上まで。山全体が一つの生き物になったように、木々がうねりだす。

なんだ。何事だ。

頭上を見ると、やけに大きな鳥が空を漂っていた。

西方から流れる雲が月を隠す。

あの鳥の姿形は妙だ。鳥では、ない？

山の木々のずっと上に浮遊しているそれは、羽ばたきもせず宙に滞在している。直後、それは真下に落ちた。鳥が滑空するとのは違う。物体が重量に従って落下したのだ。空を切る音に、別の低音が重なった。

飛来物だったのか？　どこからか飛んできた袋か、板か。首を傾げているうちに、山が揺れて小刻みに震える。山の陰から、先刻の落下物が今度は上昇してくるのだった。

夢中で目を凝らす。翼はない。四肢がある。動物？　両腕と両脚をバタつかせている様は、人間の形状に近い。言うまでもなく人間は浮かない。だから人間ではないだろうが、しかし。

佳人は庭に立ち尽くす。牛刀包丁を取り落とさないように、握る手に力を込めた。

人間のようななにかは、また急降下をはじめた。寒空に悲鳴が響き渡る。これは、男の声だ。体はそのまま雑木林の中に吸い込まれ、見えなくなった。

今見たものが信じられない。これは夢か。夢なのか。山が大きく揺れ、木々がしなり、男の体がふたたび現れた。見えない指に摘まれたように、空へ引き戻される。四肢がもぎ取れんばかりに、弓なりに反りかえっている。ぶらぶらと宙に滞在したかと思えば、突き落とされる。耳を塞ぎたくなるような悲鳴。ほどなくして、また木々の合間から体が現れ、高く上昇する。そして落下する。——何度繰り返しただろうか。見えない力に翻弄される男は、落下と上昇を何度も繰り返し、そのたびに悲鳴は力を無くし、四肢もだらりと動かなくなる。

このままじゃ死ぬ……。

佳人はもっと近づくために庭を出て屋敷の門をくぐろうとした。と、誰かが佳人の腕を引っ張る。同時に、空から男の衰弱した悲鳴が反響した。佳人が咄嗟に包丁の刃先を背後に振り回すと同時に、すぐ後ろで短く、高い悲鳴があがった。

「みのり！」

彼女の白い腕から、一筋、血が滴った。

佳人を引き留めたのはみのりだったのだ。自分が振った切っ先はみのりの白い腕を掠めたらしく、肘のあたりに短い傷が走っている。

「ごめん、俺、俺が」

「黙って」

痛みに顔を顰めながら、みのりは低い声で、厳しく言った。

そのとき、男の絶叫が身近に聞こえた。落下したあと、今度は上昇せず、雑木林から引き摺られる音が聞こえる。濃い土の香りが辺りにみるみる漂いはじめた。なんだ。なにがどうなってる？目でみのりに訴えると、彼女は静かに首を横に振った。恐怖に怯えた目。

雑木林から、男が飛び出し、屋敷の門の前に転がった。ゼエゼエと荒い吐息が耳に届く。暗がりでよく見えないが、一糸まとわぬ、裸体だ。腹部から飛び出して見えるのは布なのか、肉なのか、臓物なのか。内臓の温度が、空気に触れて白く揺らめいて見える。みのりが腕にしがみつく。佳人も、みのりの肩を寄せ、自分の胸に抱いた。彼女を守ろうとしているのか、自分が怖いからか、よくわからないまま、眼前の惨状に目を奪われていた。

男は一瞬だけこちらを見た。門の内側にいる、自分達を。

彼は、そのまま見えないなにかに坂の下へと引き摺られていく。蝋燭の温かな灯りがぼろ雑巾のようになった男を囲む。ぽつりぽつりと下まで灯る送り火。コンクリートと皮膚が擦れる嫌な音がずるずると響く。男の姿が見えなくなったあとも、佳人達はしばらくその場を動けなかった。

彼がこれからどうなるのか。島中を引き回されるのか。

「戻りましょう」

みのりが小さく言った。

混乱の中、彼女の真っ赤な血が、鮮やかに流れている。牛刀包丁は肉がよく切れる。傷はきっと浅くない。

「ごめん。本当に。医者に診せよう」

「大丈夫。そんなに痛くないわ」

「でも」

「これくらい平気。自分で消毒しておくわ。たいしたことないのよ。大丈夫。大丈夫だから」

やけによく喋ることに、みのりの焦りが伝わってきた。佳人は羽織を脱いで、みのりの腕に巻いた。血は止まるのか。不安が胸に溢れて堪えられない。

「とにかくあなたは離れに戻って。これは良くない。本当に良くないわ」

「だけど！」

「いいから。お願いだから言うことを聞いて。あなたも見たでしょう？」

佳人は言葉を呑み込んだ。たしかに見た。見たのだが、理解できないなにかよりも、みのりに怪我を負わせてしまったという明確な事実の方が気にかかって仕方ない。

「今夜見たことは、誰にも言わないで。わかった？」

「わかった」

「いい子ね。じゃあ、おやすみなさい」

有無を言わせないみのりの口調に、佳人はなにも言えず、重い足取りで離れへ戻った。

とても寝つけるわけがない。縁側の下からこちらを覗いていた白い顔。蹂躙され、内臓が飛び出た裸の男。そして、みのりに負わせた傷……。すべてがまぼろしのようで、うまく思考がまとまらない。まだ酒が抜けていないのだ。佳人は震える手で、煙草に手を伸ばした。

煙を吸って目を瞑ると、頭の中でパチパチと線香花火のように鮮やかな感覚が鳴る。

酒のせいだ。まぼろしだ。しかし、みのりも居合わせた。酒のせいだ。二人とも酔っていたのだ。泥酔した者同士が揃って、野生動物か飛来物を人間と見間違えた……。


空が明らんだ頃にようやく眠気が訪れた。浅い夢を見た気がするが、薄らと朝陽が瞼に透けて目が覚めた。

朝飯までには少し時間がある。服を着替えて、ダウンジャケットを羽織り、玄関を出た。東の空から徐々に陽が昇る。島に朝が来る。昨晩の出来事が、みるみる現実感を失っていく。

思い返せば、すべてが不明瞭だ。みのりに「あなたも見たでしょう」と言われたときは同じものを見たと理解したが、果たして……。詳細は共有しなかったのだからわからない。そうだ。自分が見間違えたのだ。あんなことが現実に起きるはずがない。

——そうだ、俺はただ、飲み過ぎたんだ。

頭で結論づけながらも、足は坂を下っていく。コンクリートの上に、微かに、赤黒く乾いた跡があった。血痕のような。

民家の塀には、液体が飛沫したようなどす黒い汚れがあった。その反対側にも、道の向こうにも、同じ痕跡がある。鳥肌が立った。どんな風に扱われれば、このようになるのか。いや。違う。野生動物だ。狸だ。鼬だ。鳥だ。

無言のままにひたすら下り坂を歩いていく。

「ヨシさん、おはよう！」

見知らぬ島民からにこやかに声をかけられ、佳人は「おはようございます」と挨拶を返した。彼は塀にたわしを当てて掃除をしていた。

また、「おはようございます」と老女が、佳人に頭を下げた。手にはよく絞られた雑巾があった。港に辿り着くと、島民が数名集まって、こちらもまた各々が掃除用具を手に持ち、コンクリートを清掃している。その中に吉田の姿を見つけ、佳人は安心した心地で近寄った。

「吉田さん！　おはようございます。これはどうしたんですか？」

「ああ、ヨシさん」

吉田は竹柄のデッキブラシを手に、苦笑した。

「異人さんには参っちまうなあ」

別の島民が言う。

すぐさま吉田が「ヨシさんにゃ関係ねえよ。死んだのは裏切り者だ」と目を逸らした。


死んだ？　誰が？

昨晩見た、あの男の裸体が脳裏に浮かぶ。

——殺されたのか？


「へえ。誰が亡くなったんですか？」

佳人はとぼけた顔を取り繕って、誰にともなく問いかけた。

「ハジメんとこの倅《せがれ》だよ。いつの間に戻ってきたんだか。なあ？」

また、別の島民が答えた。

「三年前に、島から逃げちまってなあ。アキラさんと同じだよ」

「こら、お前。ヨシさんの前で」と吉田が咎める。

「……ああ、こりゃ失礼した」

「いいじゃねえか。ヨシさんはこうして戻ってきてくれたんだから。カワヒコの野郎とは違うだろお」


――ハジメ？　カワヒコ？


「ヨシさんにゃ関係ねえよ。ほら、帰んな」

吉田が上着のフードを深く被り、佳人の背中を軽く押した。振り返ると、吉田が眉をさげ、周囲に聞こえない低い声で佳人に囁く。

「……こんなこと滅多にねえんだよ。そのために白家の方々がいらっしゃるんだがなあ。なにがあったんだか」

佳人は適当に挨拶をして、白の屋敷へと来た道を引き返した。

ハジメカワヒコ。頭に、ロケコーディネーターの元河彦の屈託ない顔が浮かぶ。

同姓同名か。珍しい名だが、同じ地方出身ならば名字が被ることはあるだろう。だが。

なにもかもがぼんやりとしていて、現実味がなく、事実が掴めない。昨晩の出来事が現実だった？　あれはアルコールが見せた妄想などではないと？　男はハジメカワヒコで、あれをやったのが「異人さん」で、ハジメカワヒコは異人さんに殺された？　あんな残虐で不可解なやり方で？

わけがわからない。

恐ろしいのは、その殺戮の痕跡を、島民全員が何食わぬ顔で掃除していることだった。悲しむでもなく、忌むでもなく、余所者の佳人に隠蔽するでもなく。……まるで日常の風景のように。異常だ。いや――異常だと思うには、すべてが漠然としすぎている。


島民の言った「異人さん」とは、誰だ？　屋敷の奥に住む従弟、セイのことなのか。それとも別のなにかを指すのか。いずれにせよ気味が悪い。

昨晩、恵利子にセイと話すよう頼まれたことを思い出した。彼が殺人鬼なのか。人間ではないのか。これが、みのりの言った呪いなのか？


朝食にハルの姿はなかった。みのりが部屋を覗いたが、まだ寝ていたのだと言う。あまり意に介した風のない二人を見て、よくあることなのだろうと察した。

みのりの腕の怪我の具合が心配だ。ちらちらと視線を向けてしまうが、着物で隠れて確認できない。きっと今も痛むだろう。

佳人はすぐに離れに戻った。滞在は残り一日の予定だ。明日、早々にこの島を出たほうがいいと直感が告げている。できればセイにも会わずに済ませたい。この島の異人殺し伝説はたしかに興味深いが、どうもただの民間伝承ではなさそうだ。生半可な気持ちで深入りするのは不味い。

好奇心は猫を殺すと言うように、全景が見えないままに下手に興味を示すべきではない。
佳人は離れで煙草をふかしつつ、恵利子が寒いだろうと言って置いてくれた炬燵に足を入れた。
昨夜、助けを乞うように自分を見た男の目。
ハジメカワヒコという名前。偶然の一致だろうか。

——もし、本当に彼だったら？

……電話を掛けてみようか。しかし、屋敷の電話を勝手に借りるのは憚られるし、なんとなく、通話相手は知られたくはなかった。かといって港まで足を運ぶ気にもなれない。公衆電話は血で汚れたコンクリートのすぐ傍だ。

男の遺体はどうしたのだろうか。身元が判明しているのだから島民の誰かが遺体を確認したはずだ。顔がわかる程度には形を保っていたということだろう。

人一人が不可解に殺されて、あんなに平然としていられるものか？　佳人の手前、平静を装っていただけか？　通夜は？　葬式は？　次から次へと疑問が湧いてくる。

炬燵の上でノートを広げる。思いついたときに小説のネタを書き留めるためのノートだ。もともと小説家になるつもりなぞなく、趣味で物語を書いていたのを、いつかの勤務先の知人に勧められて公募に出したのが『ファミリーフォトグラフィ』だった。

次回作も是非ウチで出してほしいというのが会社の総意だと、小車は言ってくれている。悪い気はしないが、佳人にそのつもりは一切ない。次回作は出さない。もう書かない。仮に書いたとしても、発表はしたくない。『ファミリーフォトグラフィ』が小説家・津雲佳人の処女作であり、遺作だ。それでいい。

小説の題材になりそうなものを書き留める癖は抜けないが、作品としてまとまる気はしなかった。吐き出したかったことはすべて書き終えてしまった。

足先が炬燵のヒーターで温められて、急激な睡魔がやってくる。だんだん瞼が重くなってきた。

佳人は煙草の火を灰皿に押しつけて消し、ノートの上に頬を預け瞼を閉じた。


誰かがやさしく佳人の肩を揺らした。

「炬燵で寝ると風邪ひくわよ」

見知らぬ女性が佳人に語りかける。切れ長の瞳で、長い黒髪を一束に纏めている。

「眠いのなら布団で寝ちゃいなさい」

「まだ寝るには早いだろう」と男の声がした。

背後の座椅子に胡坐をかいて座っている。その顔には見覚えがあった――亡くなった父だ。

「大晦日だぞ。一緒に起きてるんだもんなあ」

「うん。おとうさんと、起きてる！」と自分が言う。

父の脚をよじ登り、あぐらの中央にすっぽりと収まりながら、佳人は「起きてるもん」と繰り返した。女性が――母が、「駄目よ」とやさしく諭す。

「佳人は寝る時間。お母さんと一緒にお布団に行きましょうね」

「やだあ。起きてるんだい」

これは夢だ。佳人は母の顔を覚えていない。物心ついたときに母はすでにいなかったし、父は絶対に母の話題を出さなかったので、幼心に聞いてはいけないことなのだと察していた。母に関しては写真の一枚も残っていなかった。

夢の中の自分は、無邪気に両親に甘えている。これは現実にあった出来事なのだろうか。それとも幼い頃の自分の願望を反映した夢なのだろうか。


玄関の戸が開く音で目が覚めた。

気怠い体を炬燵から引っ張り出して、襖を開ける。玄関先に恵利子が佇んでいるのを見て、この離れには内鍵がないことにぼんやりと気がついた。

「お邪魔しちゃったかしら」

恵利子の言葉に、「いいえ」と佳人は首を振った。

「ヨシさん、少しだけ出て来られる？」

寝ぼけ眼で恵利子についていく。屋敷の門の前に、吉田が背を丸めて立っていた。右足に包帯を巻いているではないか。

「吉田さん。どうされたんですか！」

今朝まではなんともなかったはずだ。

佳人が驚いて尋ねると、「ああ。ちょっとな……」と気恥ずかしそうに頭を掻き毟る吉田の代わりに、恵利子が説明をした。

「作業中に足を挫いてしまったそうなの。それでしばらく船に乗れないそうなのよ……」

吉田は「すまねえな」と佳人から目を逸らした。なるほど。それでわざわざ訪ねてきてくれたのか。元気に見えても歳なのだ。

「わかりました。恵利子さん、この島でどなたか他に船を出してくださる方はいらっしゃいますか？」

「それが……」と恵利子と吉田が顔を見合わせる。

「もちろん、いるのだけれど、なんせ時季が時季でしょう。元旦の準備やら、年明けにはホーゲンキョウも控えているし、それぞれ家のことで慌ただしいから、頼みづらくて……。お帰りを、来年まで延ばしていただけないかしら」

言葉を失った。

佳人の内心を察したのか、恵利子と吉田は、また気まずそうに顔を見合わせる。

「……わかりました」

佳人が了承すると、恵利子はすまなそうに謝った。吉田も深く頭を下げるのを、佳人は複雑な面持ちで見つめた。

胸中に得体の知れない暗雲が立ち込める。吉田は本当に怪我をしたのか。恵利子が島民に船を出すように頼まなかったのは、佳人に島に留まってほしい別の理由があるんじゃないか。

――考え過ぎだろうか。


落ち着かない気持ちで屋敷の庭に出ると、喇叭草を摘むみのりを見つけた。

「あなた、年明けまでいるんですって？」とみのりが呆れ顔で佳人を見上げる。

「仕方ないだろ。船を出せないって言うもんだから」

「……せっかく忠告してあげたのに」

「呪い、か？」と佳人は苦笑した。

みのりが「信じてない声ね」と佳人を睨んだ。

「じゃあ、君も呪われているっていうのか」

「そうよ」とみのりはあっさりと答える。「もちろん、あなたもね」

佳人はため息をついた。さすがに荒唐無稽な話だ。

「伝説は、伝説だ。たとえ伝説が事実に基づいた話だったとしても、呪いなんて存在しない。与太話だよ」

「ああ、そう。あなたが思いたいように思えばいいわ」

みのりは、ふいと顔を背けた。

「そう言うなら、昨晩の件だけどさ」

「あれは忘れて」

「ハルが作っている面——皮面と言ったか。あれと同じ顔が、俺の部屋に来たんだ」

みのりが手を止めた。

「縁側の下から、顔を覗かせていた。目が動いたんだ。ただの皮面じゃない。生きていた。足音だって聞こえた。そのあとだ、男が、宙に浮かんで——」

「皮面が、来た？」とみのりが繰り返した。

喇叭草の白い花がはらはらとみのりの足下に落ちる。

「なぜあなたのところに……？」

「みのり。『異人さん』ってなんなんだ。セイのことか？　それとも——」

バタバタと足音が聞こえ、佳人は言葉の途中で呑み込んだ。庭まで走ってきたのは恵利子だった。いつもの穏やかな表情に、今は焦りの色が浮かんでいる。

「みいさん、来て頂戴！」

「どうしたの？」

「……ヨシさんも！」

屋敷の長い廊下を、早足で、半ば走っていく。恵利子がセイのいる部屋の襖をぱんと開けた。

部屋には誰もいない。朱い格子部屋の中には、白い打掛だけが残されている。

「セイはどこ？」

みのりが、即座に恵利子に尋ねた。

「いないのよ。どこにも。屋敷のどこを探してもいないの！」

恵利子が悲痛な叫び声をあげた。

「落ち着いてください」と佳人が、ふらつきそうになる恵利子を支える。

「どうしましょう……こんなこと……」

「私達が裏を捜してくるわ。恵利子さん達は港の方を捜して」

「ええ……ええ……。でも、こんなことがみんなに知れたら……」

「何食わぬ顔で捜すのよ」

いつの間にか伯父が背後に立っていた。

「酉男《とりお》さん。いいわね？　恵利子さんを頼んだわよ」

伯父の名は、酉男と言うのか。彼は無言のまま頷くと、すたすたと廊下を歩いていく。まるで意思のないロボットだ。

みのりは父のことも名前で呼ぶのだなと思った。

「あなたも、一緒に来て」

佳人は、みのりとともに裏の海へ向かった。今日は曇天で、風があり、海面には白波がささくれ立つ。

「きっと、昨晩なにかがあったんだわ」

「なにかって、なんだ」

「わからない。でもセイまでいなくなるなんて。そうとしか思えないわ」

「殺されたハジメカワヒコって奴と、なにか関係があるのか？」

みのりが口を開く前に「今朝、港で島民に聞いたんだ」と先回りして補足する。

「みんな島中を掃除してた。血痕だよ。昨日、殺された人間の血痕だ。俺は、てっきり昨晩のあれはなにかの間違いだと。酔っ払ってなにかを見間違えたんだと思っていた。……なんなんだ、あれは！」

「……わからない。私も全部を教えてもらったわけじゃないから」

「俺よりは詳しいだろ。教えてくれよ」

みのりは周囲を見回し、砂浜の、波打ち際まで佳人を連れた。

「異人殺し伝説は知っているんでしょ」

「ああ。白一族が呪われてるとも言ってたな。それが？」

「この島に漂着した異人さんを殺した代償を、私達白の一族は払い続けている。この島のそこら中に異人さんの亡霊が彷徨っていて、いつでも遊びたがっている。昼間のうちは無害だけれど、夜は違う。昨日のあれも、彼らにとっては戯れにすぎないわ」

異人さんの――亡霊？

「異人さんは同胞には手を出さないの。だから、夜には『異人さん』のお役目を立てて、彼らの姿に似せるために顔を白く塗り、異人さんを模した皮面を被り、異人さんの振りをさせるの。それが私達の身を護る方法なのよ。島のみんなも異人さんのことを恐れて、夜に出歩くときには皮面を被るわ」

潮風が強く吹き、みのりは着物の袖を押さえた。暗く澱んだ海がうねる。

「……お役目になるとね、あの部屋に、異人さんがやって来るの。セイがああなる前までは私もお役目を務めていたからよく知ってるわ。異様に白い顔。歪な黒目。怖い……」

みのりは震え出し、佳人の腕にしがみついた。

「私、お役目が嫌いだった。殺されないとわかっていても、怖かった。恐ろしかった。だからセイが一人で引き受けてくれたとき、安心したの。私、ひどい姉だわ……。弟が外に出られないことをいいことに、苦行を押しつけたのよ……」

「みのり」

涙を流すみのりの頭を撫でながら、佳人は恐怖心を押し殺そうと必死だった。


昨日の、あの顔が、来る？　屋敷の奥の、あの部屋に？


「つまり屋敷に一人、誰かが異人さんの振りをしてさえいれば全員が無事でいられる。……そうでなければ、どうなるんだ？　セイがいなくなった今は」

みのりは目を伏せた。答えずとも想像はつく。つまり、今夜、誰かが異人さんの役目を務めなければならない。セイの代わりに。

一夜で全員殺されるということはないだろう。もしそうならとっくに白家は絶えている。

「──でも」と俺は思い立った。

「昨晩、俺のところに来たのはなぜだ？」

「……もしかしたら昨晩のうちにセイはいなくなっていて、お役目は不在の状態だったのかも。それで、あなたと遊びに──殺しに来ていたのかもしれない」

「そんな」

「でも、なぜだか標的が変わった。恐らく屋敷の外に……彼がいたから」

「ハジメカワヒコか」

みのりは頷いた。

「ちなみに聞くけど、ハジメって、元号の元と書いて、ハジメ？」

「ええそうよ。元《はじめ》家は白家に仕えているの。身の回りのお世話を頼むことも多くて。カワヒコも、そうだったのよ。島から逃げてしまうまではね」

「カワヒコは、さんずいの河に、彦星の彦？」

「そうよ。どうしてそんなことまで聞くの？」

「いや……」と佳人は誤魔化した。名刺に印字された彼の名が頭に浮かぶ。

「なぜ河彦は殺されたんだろうか。異人さんの呪いとやらは、白家だけに及んでいるんだろう？」

「言われてみれば、たしかにそれもそうね」

みのりは首を傾げた。


尋ねながら、佳人の中には一つの推測が浮かんでいた。異人さんなる何者かに殺されるのが白家の人間だけというなら、今朝の、吉田達の態度はおかしい。河彦が最初の白家以外の犠牲者ならば、今回の例外に対してもっと怯えていいはずだ。しかし彼らは驚くこともなく平然と受け止めていた。河彦は殺されて当然だというように。つまり、お役目が不在の際に異人さんに殺害される可能性は島民全員にある。夜、島民が皮面を被るのも、そうだ。自分に及ばない他人事の呪いならば恐れる必要などない。

恐らく島民は認識を共有している。みのりが知らないだけで。そういえば、みのりが他の島民と話しているのを見たことがない。没交流ゆえ、白家に関わること以外には無関心なのかもしれない。

「でも、河彦はどうして島に戻ってきたのかしら。今さら戻っても歓迎されないとわかっていたでしょうに。死んだ人間のことを言うのもあれだけれど、割と考えなしで向こう見ずな性格だったのよね……」

みのりは長いため息をついた。

「通夜や葬儀は？」

「するはずがないわ。裏切り者のことよ」

複雑な表情だった。

「この島は裏切り者を許さない。一度島を出たあなたが歓迎されているのは特別なの」

「白家だから？」

「その通り。いい？　河彦のことは家では話しては駄目。とくに恵利子さんの前ではね」

――やれやれ。禁忌だらけの島だな……。

さすがに辟易してしまう。なにが藪蛇になるかわかったもんじゃない。

二人で裏の海や、雑木林を二時間ほど歩いたが、どこにもセイの姿は見当たらなかった。手掛かりのないまま屋敷に戻ると、恵利子と酉男の夫妻も戻ってきていて、沈痛な面持ちで居間に座っていた。部屋の隅ではハルが同じように暗い顔をしている。

「夜までに見つからなかったら、あなた方の誰かがお役目に就かなければなりません」

恵利子の言葉に、みのりの肩がぴくりと揺れた。

「ヨシさんは島に戻ったばかりだし、出産を控えているハルさんにはさせられないわ。わかるわね、みいさん」

全身が、傍から見ていてわかるほど震えだす。

「……ええ」と声だけは気丈に、みのりが返事をした。

「私が」

「俺がやります」

みのりの返事を遮って、名乗りを上げたのは、ほぼ無意識の行動だった。

——おいおい。好奇心は猫を殺すという、自戒はどこにやっちまったんだ。

「なに言ってるのよ！」

「やらせてください。俺も、家族の一員ですから」

恵利子はしばらく考えて、「わかりました」と承諾した。

「ぜひ、ヨシさんにお願いしますわ」

「ねえ。馬鹿じゃないの。なに引き受けてるのよ」

「興味本位だよ。それに、殺されはしないんだろ？　大丈夫さ」

あんたがあんなに怖がってるのに、放っとけるわけがないだろ——と言いたいのをぐっと我慢する。

「馬鹿ね。本当に馬鹿だわ」

みのりが泣きそうな顔で首を振る。

「わかってるの？　万が一、あなたがこの家の人間じゃなかったら——もし、人違いだったなら——そのときも、殺されるかもしれないのよ」

「え？」

佳人は首を傾げた。

「……それは、困るな」

「馬鹿！」とみのりが拳を振りあげる。

「冗談、冗談。俺はこの家の人間だし、あんたの従弟だよ。たぶん」

佳人は首を竦めた。ああ、なるほど。その条件は、考えていなかった。……なんにせよ、このまま、みのりをあの部屋に閉じ込めるわけにはいかない。勝ち気な彼女があああまで怯えるのを、見過ごせるはずがない。それに。

——万が一死んだら、ここが俺の死に場所ってことだろ。河彦。

佳人は、港の公衆電話から河彦の電話番号を回した。

どうか偶然であってほしいと祈る気持ちが切実になる。同姓同名の別人であってほしい。歌舞伎町のネオンを背景にして、河彦の屈託ない笑顔が蘇る。もし彼がこの島の出身だったなら、はじめから俺を騙していたのか。そして無残に、殺されたと。

〈ただいま留守にしております。のちほどお掛け直しください〉

通話は切れた。

もう一度、番号をダイヤルする。

——出てくれ。河彦。

佳人は誰も応答しない呼び出し音を聞きながら、ゆっくりと、電話機のフックを下ろした。

第三章　歯車

朱く夕陽が差す。

早めの夕飯を済ませたあとで、お役目の準備は進められた。

恵利子がせっせと布を広げる。セイが着用していたものと同じ豪華な純白の着物だ。

「雛人形みたいですね」と、あの日セイに抱いた印象を素直に口にした。佳人の感想に、恵利子は口元に手を当ててくすくすと笑う。

「これは花嫁の白無垢ですわよ。結婚式で目にしたことがないかしら？」

「……ないです」

結婚式など参列したこともない。言われてみれば、こういう和装の花嫁を雑誌やテレビで見た気がする。

「ささ、肌襦袢に、長襦袢。みいさん、してあげて」

佳人は棒立ちで、二人にされるがままに着つけられた。

「セイもこうして着付けてたのか？」

「まさか。私達は自分でやれるわ。……あなた、やけに傷が多いわね」

「喧嘩だよ」

みのりは驚くでもなく、薄い肌着をさっと佳人の肩に掛けた。一枚、また一枚と着物を重ねられ、締めつけられ、息苦しく、体が重くなっていく。

「男でも女物の衣装を着るんですね」

「ええ。お役目の異人さんは女性という建前になっていますから」

なるほど。佳人が袖をあげると、西陽にきらきらと白の光沢が光った。

次に顔から首まで白塗りの化粧を施され、最後に大きな綿帽子を被る。重い着物を引き摺りながら、奥のあの部屋へと向かう。

この時間になっても未だセイの行方は掴めないままだった。よほどショックだったのか、ハルはまた塞ぎ込んでいる。今も酉男が捜索を続けているらしい。

よっこらせと小上がりに足を掛け、ずるずると着物ごと格子部屋に入る。視界一面が朱く塗られた文様に囲まれると、厳かな空気に緊張感が高まった。

「では一晩、この部屋で過ごしていただきます。なにがあっても声をあげてはいけません。部屋を出てもいけません。とは言いましても、この小部屋は施錠されますから、出ることはできませんけれど」

「わかりました」

用を足したくなったときはどうするんだという疑問が湧いたが、状況からして朝まで我慢ということだろう。

「あとは――みいさんから」と恵利子がみのりに説明を促した。

「……ええ。陽が落ちると異人さんが遊びに来るわ。すぐにいなくなることもあるし、一度も訪れないこともある。一晩中、部屋にいることもあるけれど……でも、危害は加えられないし、小部屋の内側に入ってくることもないから安心して。朝陽が差したら帰って行くわ。その頃に、部屋を開けに来るから」

佳人は神妙に頷いた。

恵利子によって、格子部屋の扉が閉じられる。

がしゃり、と錠の落ちる音がした。

目の前に二人が座り両手をついて頭を垂れるのが、格子の向こうに透けて見える。静けさのなかに、緊張が走る。これも、島の神事の一つなのだ。恵利子とみのりの、下げられた頭を眺めながら、自分は信仰の内側に足を踏み入れたのだと感じた。

やがて二人が顔を上げた。恵利子が先に部屋を出て、みのりが襖を閉める。彼女の唇が「ごめんなさい」と動くのを見た。

あとは日没までじっとしているだけ。待つことは苦ではない。子どもの頃からぼーっとやり過ごして退屈を凌ぐことは得意だった。まだ父が働いていた頃、狭いアパートで父が帰って来るのをひたすらに待った。帰って来るときも、来ないときも、夜は同じように暗いし朝は同じように明るい。なにも変わらない。違うと感じるのは、自分の心の持ちようだ。

甘い匂いがした。部屋の隅に、香が焚かれている。たしか魔除けだと言っていた。細く長くたなびく煙を、ぼんやりと眺めているうちに、部屋が暗くなった。

陽が沈んだのだ。

佳人は皮面を顔に被り、膝の上でぎゅっと拳を握った。

――さあ。いつでも来い。来るとわかっていれば、怖いことなどあるか。

甘い香を肺いっぱいに吸い込み、深呼吸をする。外ではだんだんと鳥の鳴き声もしなくなった。部屋中の音を、誰かが漏れなく持ち去ったかのような静かさだ。


「おーい」


目の前に、逆さまの顔があった。

「おーい。ヨシさあん」

悲鳴を押さえた拍子に、唾が気管に入り、静かに咽せ返る。両手で口を押さえ、声が漏れないように我慢する。格子の向こうに、ぶら下がるようにして、顔がこちら側を向いて垂れている。

ぎゅっと唇を噛んで堪えた。

いきなりか。

大体、喋るなんて聞いてない。喋らないとも言われなかったが。

「ヨシさあん。おーい」

間延びした声で名前を呼ぶ。佳人は必死に、恵利子に言われた言葉を反芻した。

――なにがあっても声をあげてはいけません。


「おーい。ヨシさあん」

「ヨシさあああああん」

「お――――い。ヨシさあああん」


何人いるんだ。はっとして佳人は俯いた。

――魔除けの香なんか、まったく効いてないじゃないか！

さっきまでの威勢は消え失せ、とても、直視する勇気などない。幸いにも、部屋が暗いので異人さんの顔ははっきり見えない。

動悸を落ち着けようと、佳人は大きく息を吸い込んだ。静かに腹から息を吐く。部屋に充満する甘い香りが肺に満ちる。落ち着け。落ち着くんだ。

「ヨシさあん」

急に耳元で声がして、佳人は咄嗟に後ずさり、格子に背が当たった。すぐ向こうに張りつくように誰かが座っている。一瞬、格子部屋に侵入してきたのかと思った。暗闇で姿が見えないために、距離感が狂う。

——これが、お役目。これが、異人さん。

暗闇に薄ぼんやりと全身の輪郭が見える。やけに顔だけが大きいことを覗けば、四肢があり、まるで人間そのものである。

異人殺し伝説が史実だとすれば、かつてこの島に漂着した者か。はじめから異形の、未知の存在だったのか——それとも、白一族に惨殺されたことで、異形の者に成れ果てた、人間の亡霊なのか。

突如、横の格子ががちゃがちゃと揺れた。異人さんが格子を掴んで揺らしている。

——入って来ようとしている？

「おーい。ヨシさあん。遊ぼお」

伸びたカセットテープのような、不気味な声が、自分を呼ぶ。恐怖で息が荒くなるのを感じた。背中の格子が大きく揺れ、慌てて飛びのいた。

四方を囲まれている。この中には入ってこないとみのりは言ったが、だんだん信じられなくなってきた。こんなにも明確に侵入の意志を示しているじゃないか。みのりの言ったことが嘘だとは思いたくないが、疑惑が消えてくれない。

異人さんは格子を揺らすのをやめると、今度は部屋中をウロウロと歩き出した。暗闇に目が慣れてくると、三人いることが見える。

彼らが歩くたびに、部屋の空気が動く。

――セイは無事なのだろうか。

外にいるのなら昨日の元河彦のように殺されてしまうのでは。……そんなことは彼は百も承知だろうから、すでに島外に脱出しているのかもしれない。

考え事をしている間にいつの間にか数が増えている。一、二、三、四……五人。異人さんはなにをするでもなく、左右に揺れている。全員、顔をこちらに向けて。

底気味悪いが声を掛けられるよりはマシだ。佳人は音もなく息を吐いて呼吸を整えた。無音の時間が続いた。時計がないので、時間の経過がわからない。このまま朝までやり過ごせるといいが。異人さんは、まるで佳人というおもちゃに飽きた童のように、喋り掛けるのもやめ、振り子ごっこをして揺れるばかり。

試しに目を瞑ってみたが、さすがに眠気は訪れてくれそうにない。緊張のせいか、酔ったように視界が回る。奇妙な浮遊感に身を任せていると、だんだん恐怖心が薄らいでいくのを感じた。

どれほどの時間が経っただろうか。そろそろ空が明らんでくれないだろうか。目を開けてみたが、窓の外はまだ暗い。

不意に視界の端になにかが入り、つい見てしまった。小上がりの下から、身を屈めて、こちらを下から覗き込んでいる。白い顔が。

暗闇に目が慣れきったせいで、歪な黒目と思いっきり目が合ってしまった。奥歯がカチカチと鳴る。


「ヨシさあん？」


怖い。

体の震えを自分で制御できない。無意識のうちに畳に爪を立てていたようだ。畳を撫ぜて、ぞっとした。格子部屋の、すべてと言っていいほど、畳の表面が荒れている。つまりここにいた誰かが――セイが――毎晩、畳を引っ掻いて耐えていたという証。

次に気がついたとき、佳人は畳の上に寝転んでいた。知らぬ間に、気を失っていたようだ。情けない。

異人さんの姿はなく、窓から薄らと光が差し込んだ。


――ようやく終わった。


セイが逃げ出したのも無理はない。こんな役目を負わされ続けたら自分だって逃げ出すだろう。

その前に頭がおかしくなりそうだ。

まともな精神を保てる自信はない。

――セイは正気だったのだろうか？

「ヨシさん」

襖の向こうから声がした。恵利子が開けに来てくれたのだ。長かった。

「はい」

返事をする。

しかし、襖は開かなかった。すぐに開けない決まりでもあるのか。佳人はじっと襖が開けられるのを待った。
はっとして窓を見る。
外が明るくない。
朝陽が差したと思ったのは、願望が見せた錯覚。
――窓から見える空は、まだ、暗く、夜であることを無情に示している。

嘘だろ。

かた、と襖が開いた。隙間が広がり、暗闇に、真っ白な指が浮かびあがる。
しまった。騙された。恵利子ではなかったのだ。気づいても、手遅れだった。禁忌を破ったら
どうなる？　それは、聞いていない。

殺される？

昨晩の出来事が脳裏に蘇った。
佳人は夢中で、鍵の掛かった格子戸を揺らした。
出してくれ。ここから。

ここから出してくれ！

叫びは声にならなかった。ヒューヒューと掠れた息だけが喉から漏れる。

出してくれ。出してくれ。出して！

真っ白な指が手首が伸びて、襖を開けていく。ゆっくりとした動作は、怯える佳人を面白がっているようにも思えた。暗闇に白い顔が浮かびあがる。


「ヨシさあああん。遊ぼおおおおおお」


襖の隙間から、何十人もの声が、鉄砲水のように部屋になだれ込んできた。けたたましい笑い声と怒声、甲高い嬌声が狂ったように入り乱れ、部屋全体が、屋敷全体が小刻みに震えだす。見えない乱痴気騒ぎの中に放り出されたような。視界がぐらぐら回り、体勢を崩した。酩酊状態で、酸っぱい胃液が食道をのぼってくる。耳を塞いでも、鼓膜の内で呼び声が反響する。我慢できずに胃の中のものを吐き出した。吐き出しても吐き出しても、体の中に異物の入り込んだ感覚が消えず、吐くものがなくなるまで嘔吐した。

地獄だ。

自分の名を呼ばれながら、頭の中で花火が何発も打ちあがり、目の前が万華鏡のように煌めいた。

窓から日が差し込んだ瞬間、声はぴたりと収まった。同時に、みのりと恵利子の声がして、襖が開かれる。

みのりが錠を外し、力の抜けた佳人の体を引き摺りだした。唇にコップが当てられ、冷たい水が喉を潤す。佳人は何度か咽せたあとに、二人の心配そうな顔を見てようやく安心感を覚えた。

「殺されなかったよ」と佳人は強がって笑った。

「これで正真正銘、あんたの従弟ってわけだ」

「そうみたいね」

みのりは泣きそうな顔で佳人に抱きつき、すぐに離れた。

笑い合いながらも、島の印象は百八十度変わってしまっていた。

恐ろしい。

この島は――恐ろしい。

昨夜はほとんど眠れなかった。布団に寝転んだものの、頭だけが妙に冴えてしまっている。

散々嘔吐したせいで体は疲弊しきっており、胃が荒れているのか胸の辺りがムカムカして気持ちが悪い。重い体を起こして旅行鞄に手を伸ばし、胃薬を求めて荷物をひっくり返す。入れ忘れたか。仕方なく、吉田がくれた漢方薬を飲んだ。なにもないよりマシだ。

今度は尿意を覚えてトイレに立つ。生理現象すら鬱陶しい。今日ほど己の肉体を煩わしく思ったことはない。

息を吐きながら用を足している最中に頭上の電球が切れてしまった。ああ、本当に面倒だ。電球のためだけに母屋を訪ねる気にはとてもなれない。押入れかどこかに、予備の電球が保管されていないだろうか。

離れの一番奥に、物置があることを思い出した。方角的には北側にあり、物置の周囲はやけに冷え冷えとしている。おまけにこちらの電球も切れており、なんとなく嫌な感じがした。まだ恐怖心が抜けていないのだと自嘲する。暗い通路に充満する空気が、自分を敵視するようにしつこく纏わりつく気がした。

思いきって扉を開けると、部屋いっぱいに物がぎゅうぎゅうに詰まっていた。箪笥や棚などの古い家具から、段ボール、よくわからない置物などなど。部屋の左側には押入れがあり、散らかっている部屋の割に押入れの中身ははがらんとしていて、なにも入っていない。

押入れの上段に、一冊の本が落ちている。拾いあげると、それは本ではなくアルバムだった。表紙に可愛い動物のイラストが描かれている。

もしかして自分や父が写っているかもしれない。

少し躊躇いながら、アルバムを開く。貼られている写真はまだ色鮮やかで、比較的新しいものであることがわかった。

これは、みのりだ。今より少し若い。はっきりとした年齢はわからないが、高校生くらいだろうか。この頃から着物を着ているのだな。隣にはハルも写っている。こちらは若いというより、幼い印象だ。もう一人、ハルの隣にいるのは誰だろう。ハルとほとんど変わらない背丈の男の子で、年齢も近そうだ。どことなく見覚えのある顔立ち。

佳人ははっとした。


——元河彦だ。


慌てて居間に持ち帰り、電気を点けてアルバムのページをめくって、鼻をくっつけんばかりに写真を確認する。

若いが、間違いない。あの人懐こい印象の顔立ち。河彦だ。

あれほど別人であってくれと願った気持ちが、たちどころに萎んでいく。彼は陽炎島には訪れたことがないと言った。だが、どうだ。若い彼の背後には白家の屋敷がはっきりと写っている。

河彦はこの島にいたのだ。

港の公衆電話から河彦の電話番号を回したが、またしても自動音声に切り替わってしまった。何度も掛け直す。しかし、いつでも無機質なメッセージが流れるばかりで、一向に繋がらない。いや。もう二度と繋がらないのだ。そんな気がする。

——彼はなんのつもりで俺に異人殺し伝説を聞かせ、この島に導こうとしたのか。恵利子とは、お互いに知っているのか。それとも……。

港に座り込んで考え込むうちに、佳人の足下には夥しい数の吸殻が落ちていた。今日は穏やかに晴れている。湾に囲まれた海は凪いで、ほとんど波も立たない。静かだ。時折、島民の運転する軽トラックのエンジン音が聞こえるほかは無音である。

なぜ父がこの島を捨てたのか。あんなに立派な実家がありながら、どうして東京へ逃げたのか。恐らく父は、呪いから逃げたのだ。お役目から、異人さんから。

しかし、逃げた先でも忘れられなかったに違いない。夢に魘された父を揺り起こすことが何度もあった。酒の飲み過ぎだと軽蔑していたが、それだけではなかったのだろう。今となっては哀れむことしかできないが。

セイも、島を脱出した。佳人の父と同じように。そして島にはみのりとハル、そして自分が残された。

――もしかして、俺を呼び出したのはセイだったんじゃないのか。彼の身代わりにするために、まず東京にいる河彦を使って俺に近づいた。恵利子が小説を読んだのも、彼の手引きがあったのかもしれない。すべて偶然を装って……。

最初から仕組まれていたのだ。なにもかも。


母屋には、異様な光景が広がっていた。そこら中に散乱した皮面が帰宅した佳人を出迎える。白塗りの歪な目口の顔。異人さんの顔を模して作られたそれは、今の佳人には攻撃的にすら見えて恐ろしい。それが、椅子の上、台所、障子の隙間、とにかく至るところに置いてあるのだ。

ハルが、両手に皮面を持って廊下を歩いている。

「ハル」

「あら。ヨシ兄さん。まだいたの？」

にっこりと笑うその顔に一昨日までの快活さは微塵も残っていなかった。彼女の両目は目の前の佳人ではなく、どこか遠い場所を見ている。生きながらに三途の川に腰まで浸かってしまったような、あまりの虚ろさに佳人は怯《ひる》み、屋敷中に皮面を散らかしながら彷徨うハルの姿を、呆然と見守るしかなかった。

「……セイがいなくなったことが、余程ショックだったのね」とみのりが言った。

「置いていかれたと思ってる。悲しくて、苦しいんだわ」

佳人はみのりの耳元に唇を寄せた。

「なあ。俺をこの島に呼んだのは、セイなんじゃないかと思うんだ」

怪訝な顔をして、「なにを言ってるのよ」と取り合わないみのりを引き止める。

「俺にこの島の異人殺し伝説を教えたのは、元河彦なんだよ。俺は、東京で河彦に会ってるんだ」

みのりは驚き、部屋を見渡した。恵利子達は留守にしている。

「どういうこと？」

「恵利子さんが俺に手紙をくれたのと同じ頃、俺は河彦と仕事で会っている。こんな偶然があると思うか？　セイはもともと逃げ出すつもりで河彦と連絡を取り合っていて、俺を自分の身代わりにするために呼び寄せたんだ」

「まさか。そんな……」

「それなら、河彦が島に戻ってきたのにも合点がいくだろ？　俺の動向を見張ってたんだ」

「それで異人さんに殺されてしまったって？」

「いや」と佳人は首を振った。

「河彦を殺したのが、異人さんかはわからない。それどころか、呪い自体が存在しないかもしれない」

「なんですって？」

佳人は声を低くする。

「みのり。俺はこの島の真実を知りたい。ただの興味本位じゃない。白家の人間として向き合うつもりだ。……できれば、あんたがもう、怯えながら生きなくていいように。だから、異人殺し伝説について知ってることを教えてくれないか」

沈黙に息が詰まる。信じてくれるだろうか。みのりは丸い瞳をもっと丸くして、佳人の目の奥を覗く。やがて、彼女は真剣な面持ちで「……わかった」と頷いた。

「この島唯一の神社に、島の史料が保管されているの。案内するわ」


道なき道を、みのりは藪の中を分け入っていく。四方八方に伸び放題の枝葉が、容赦なく顔に当たる。足場が悪く、佳人は何度も木の根に足をとられて躓いた。

「こんなところを通るのか」

「仕方ないでしょ。人に見られたくないもの」

山を抜けて島の裏手に出る。みのりは注意深く辺りを見回し、崩れた塀の隙間から敷地に侵入した。向こうに鳥居が見える。手前には拝殿と本殿が建つ。

敷地の外れに蔵があった。扉には錆ついた錠前が下がっている。みのりが蔵の裏手に回り、戻って来ると手に鍵を提げていた。

「内緒よ」と罰が悪そうな顔をした。

錠前に鍵を差し込んだが、中身まで錆ついているのか何度か押し引きしてようやく回った。錠前を外し、観音開きの扉を押す。

ぎい。

と重い音がして扉が開いた。古書店のような、独特の匂いが流れ出した。

「神事で使う道具なんかも、ここに仕舞ってあるの」とみのりは蔵の電気を点けた。

天井近くに小さな窓があり、舞い上がった埃が差し込んだ光の中にきらきらとして見える。蔵自体は年季が入っているが、中に置かれていた棚は新しく、整然と片付けられていた。

蔵の隅にひときわ大きな棚を見つけた。縦長の棚戸を引くと、閉じられた屏風が何枚も収納されている。みのりが右端の屏風を引き出す。佳人の背丈を超える巨大な屏風だ。二人掛かりで広げると、画が現れた。

屏風いっぱいに描かれた画。

砂浜に打ち上げられた船。神妙な顔で漂着物を眺めている人間。息も絶え絶えの体で上陸する——白い顔。不揃いな黒目。間違いない。異人さんだ。

「これは、異人殺し伝説の画か」

「そうよ」

屏風に顔を近づけた。平面的な日本画で、色彩はあまりない。かなり年代は古そうだ。こんな蔵に仕舞われっぱなしで、お世辞にも保存状態は良いとは言えず、ところどころ変色している部分もある。

かつて島民が描いたものだろう。収納箱から、次の屏風を取り出す。

二枚目の屏風には、異人が島民に金品を見せびらかし、自然豊かな花の咲き乱れる島に歓迎される様子が描かれている。お伽噺さながらのファンタジーだ。こうしてストーリー仕立てになっているというわけだ。面白い。

三枚目は、場面が変わる。酒宴だ。中央に炎を囲んで、島民と異人が酒を酌み交わし、愉しそうに笑っている。中には肩を組んでいる者もある。

四枚目からだんだんと雲行きが怪しくなる。泥酔した島民が異人達とまぐわう様が、体温や体臭が漂って感じられるほどに生々しく描かれている。人と人、人と異人、異人と異人。ありとあらゆる組み合わせで恍惚と体を絡ませ、快楽を貪る。まさに乱痴気騒ぎだ。

直視したくないのか、みのりは早々に次の五枚目を広げはじめた。

事の顛末を知っているのだから、次の場面を見るのが、気が重く感じられる。先の四枚と比べて、明らかに朱色が多く使われている。逃げ惑う異人の断末魔、苦渋の顔で、鉈で異人を切りつける島民。弾ける血飛沫。

「この島民が、俺達、白家の先祖っていうわけか……」

「ええ」

屏風に描かれた異人さんの顔は、あの皮面とまったく同じ。昨晩見た、あの姿とも。

——やはり。

みのりに屏風を見せてもらい、ようやく島の信仰の輪郭が掴めてきた。島に漂着し、無残にも島民に殺されてしまった異人達。

みのりが屏風と佳人の間に立ち、「ねえ。呪いが存在しないって、どういうこと?」と尋ねた。

「まだ自信はないんだ。確証が得られたら話すよ」

みのりは少し不服そうに、頷いた。


この話の要は、惨殺した犯人は白家の者だと明確に言い伝えられている点だ。呪いは島民全員に及んでいるのかもしれないが、憑かれているのはあくまで白家の人間と定義されている。

異人殺しの呪いを受けている白家は、異人さんの亡霊に憑かれた状態下にあるといえる。もっと強引に言えば「憑き物筋」の一種と言ってもいい。

憑き物筋とは、一般的には犬や蛇、狐などの獣の類を自ら祀ったり、あるいはなんらかのきっかけで憑かれてしまった家のことを指す。憑き物筋に関しては、地域によって多岐に渡る伝承が残っているので一概には言えないが、その家にとって不利益なことをしたら呪われるとか、憑き物に襲われるとか、畏怖の念を煽る伝承もあるが、ときに、忌み嫌われる対象として扱われる場合もあった。あそこは憑き物筋だからという理由で村八分にしたり、急に羽振りがよくなったのは憑き物に手を出したからだと言いがかりをつけたり。

さて、白家はどうだろうか。島一番の豪邸。経済力を持った家。異人殺しの伝承には、こうして屏風に詳細を残して決して風化させまいという確固たる意志を感じる。

異人殺しによる白一族の呪いは、間違いなく、みのりの——白一族全員の人生を束縛してきた。異人さんの亡霊に怯え、お役目に怯え、閉ざされたこの島で。

憶測が事実なら、すべてが覆る。

◆

傾きはじめた陽が、島を黄金に照らす。

恵利子がいそいそとおかずを食卓に並べていく。今夜は芋とイカの煮付けに、鯵の唐揚げ、根菜の酢の物が並んだ。

「あの、恵利子さん。毎日豪勢にしていただいて大変ありがたいんですが、年明けまでお邪魔することになりましたし、どうかお気遣いなく……」

恵利子は目を丸くして、隣で手伝うみのりの顔を見てから、ふっと笑いを漏らした。

「やだわ。そんなお世辞を言わなくていいのよ。質素なものですよ」

「いえ。お世辞なんかじゃ。本当に」

恵利子は可笑しそうに、でもまんざらでもなさそうに食事を運んだ。

「俺も手伝います」

「ヨシさんは座っていてくださいな」

「いいじゃない。手伝ってもらえば。はい、お皿を並べて」とみのりが俺の手に皿を乗せた。恵利子はなにか言いたげにしたが、すぐに微笑んだ。

「そうね。家族だものね」

不思議な気分だった。白家の秘密に踏みこんだ今も、こうして家族と食事を囲むというのはいいものだと感じる。ただ、ハルの不在を除けば。


食事を終えたあとの卓に、みのりが蜜柑の入った籠を置いた。恵利子は老眼鏡を掛け、本を読んでいる。

「みのり。便箋と封筒ってあるかな。仕事先に一筆連絡を入れておきたいんだ」

「えーと……あるかしら?」とみのりが恵利子に尋ねた。恵利子は顔をあげ「たしか、あの引き出しに」と指を差した。みのりが立ち上がって引き出しを開け、無地白地の封筒と、白地に罫線が引かれただけの便箋を持ってきた。

「これでいい？」

「ありがとう」

離れに戻ってから佳人は筆を走らせ、小車宛ての手紙をしたためた。年明けまでこの島に滞在する旨を報せるのについでに、一つ調べものを依頼した。

佳人は手紙をポケットに突っ込み、外へ出た。港の前に郵便ポストがあるのは確認している。

蝋燭の小さな灯が揺らぐのを横目に空を見上げれば、満点の星空が落ちんばかりに広がっていた。星が降るというのは、ただの比喩表現だと思っていたが、実在する景色なのだな。

「どこへ行くんだ」

坂を下っている途中で声を掛けられた。低い塀の向こうで、一人の老人が庭先から佳人を見ていた。

「あんた、ヨシさんだろ」

「はい。あの――」と佳人は戸惑いながら足を止めた。

そういえば港で吉田達と一緒にいたのを見かけたことがある。たしか江島と呼ばれていた。

「江島さんでしたっけ」

江島は喉を鳴らした。肯定の意味なのか、よくわからない。陽気な吉田と違い気難しい雰囲気があった。

「どこへ行くんだ」

「ちょっと港まで。手紙を出しに」

「……へえ。早く帰りな」

それだけ言って、江島は背を向け縁側から自宅へ戻っていった。

――まったく。いちいち驚かされるな。

島民全員が佳人の来訪を知っているのだろう。想像を絶するほどに狭い世界なのだ。

しかし――と佳人は疑問を抱いていた。密な島社会であることが察されるものの、誰一人として白の屋敷を訪ねて来ない。あの吉田も、恵利子と親しそうでありながら、屋敷にあがろうとはしない。なんとなく距離があるような。

まだ、島に来て四日目だ。偶然かもしれないし、佳人の存在に遠慮しているのかもしれないし、年の瀬だからかもしれない。

――あるいは、島民も呪いを忌避しているのか。

佳人は郵便ポストに手紙を投函し、黒い海を眺めた。定期船もない、小さな島。隔絶された島。

……いいや。呪いなんて、あるわけがない。

昨晩と同じように白無垢に身を包み、格子部屋に踏み入れる。二度目ともなれば着付けも早く、佳人も要領が掴めてきた。恵利子が静かに錠を下ろした。

「少しだけ、みのりと二人で話してもいいですか」

「ええ。ええ。もちろんよ！」

一瞬だけ惑った顔をしたが、すぐに笑顔を浮かべた。

恵利子がそそくさと部屋を出て襖を閉めるのを見届けてから、みのりは小部屋の格子に身を寄せた。

「本当に、大丈夫？　私が代わってもいいのよ」

みのりが細い指を格子に掛け、佳人に囁いた。

「……どうして顔を伏せるの？」

「だって白塗りだし。恥ずかしいだろ」

「私が化粧をしたのに、恥ずかしいもなにもないでしょ」

「それもそうか」

佳人は笑って、綿帽子を整えて顔を上げた。

「よく似合ってるわよ」

「喜んでいいのか？」と佳人は複雑な心境だった。女装まがいの格好をして、似合っていると褒められても。

「ええ。でも、大丈夫かしら。魔除けの香を消してしまって」

「わからない」

「わからないって……」

みのりは不安そうに眉を下げる。

「俺の立てた仮説を証明するには、試してみないと。もし俺が正しかったら――」

「正しかったら？」

佳人は言葉を呑み込んだ。

「そのときに言うよ」

外でカラスが鳴いた。みのりは部屋の電気を落とし、部屋の隅に焚かれていた香の火を、細い指でつまんで消した。

「じゃあ、また明日」

「また明日」

佳人は四方を格子に囲まれた小部屋の中央に正座して、目を瞑った。


夜が来る。

翌朝、恵利子が部屋の襖を開けたとき、佳人は一晩まんじりともせず、夕方と同じ姿勢で座っていた。

「ヨシさん。おはようございます」

「おはようございます」と佳人は返事をして、恵利子の後ろに立つみのりに微笑んだ。

「――どうだった？」

佳人とみのりは、朝食をとってすぐに裏の海へ散歩に出た。二人が一緒に行動することを、恵利子は歓迎し、なんの疑いも持たれていないようだった。

「俺の予想通りだ」

「つまり、どういうこと？」

「呪いなんてないって意味だよ。異人さんの亡霊なんかいない」

砂浜の途中で足を止め、佳人は断言した。今日は海風が強い。振り向いたみのりのおさげ髪が、風に靡《なび》いてうねる。

「なに言ってるのよ。私、お役目のときに異人さんを見ているのよ。皮面や屏風に描かれているのと同じ姿が、何人もいるのを。あなただって見たでしょう？」

「ああ、見た。でもあれは幻覚だ」

「幻覚？」

佳人は、困惑するみのりを落ち着かせるように、彼女の両肩に手を乗せた。

「昨日、あんたに消してもらった魔除けの香。あれが幻覚作用をもたらしていたんだ。だから昨晩は異人さんの亡霊は現れなかった」

「ちょっと待って。早合点じゃないかしら。異人さんは部屋に来ないこともあるって、言ったでしょう。大体、幻覚ってどうして――」

「喇叭草だよ」

佳人がポケットから、庭で摘んだ喇叭草の花を取り出した。

「部屋に充満した匂いで気づいたんだ。庭や裏山に群生している喇叭草の甘い匂いと同じだってね。あれは喇叭草で作られてる」

「だから……？」

「喇叭草には、恐らく幻覚作用があるんだ」

「この花に幻覚作用が？　まさか。こんな花、雑草と同じよ。島のどこにでも生えてる」

信じられないという風に、みのりは頭を振った。

「身近な植物でも、毒性を持つものは多いんだ。その辺に生えてる植物でも口にすれば嘔吐やふらつきを引き起こしたり、幻覚を見せたり、最悪の場合死に至ることもある。あまり報道されないが、そういう事故は時折起きている。自然毒ってのは、案外身近なんだよ。

たとえば、世界的な有名なものにアヤワスカという植物がある。南米に自生する蔓植物なんだが、煮出した汁を飲めば幻覚が見られるらしい。この作用を利用して、シャーマンによって宗教儀式にも用いられたりもする。アヤワスカを飲んで得た幻覚作用を、神秘体験とするわけだ。そんな危険な有毒植物はいくらでもある。その一つが、朝鮮朝顔。別名、キチガイナスビって言うんだけど」

そこで、みのりが苦笑した。

「とんでもない名前ね」

「文字通り、気を狂わせるナス科の植物だよ。強い幻覚作用と精神を高揚させる作用がある。種、葉、花、根。どれを食べても作用する。ドラッグや大麻の代わりに使うヤツもいる。危険だから、あまりやる人間は見ないけど、金のない若者とか、薬物依存で手っ取り早く手近でトリップしたいときに」

「詳しいのね」

「言っとくが、俺は手を出してないぞ。安全なモンじゃない。幻覚どころか、命に関わる症状だって出かねない。喇叭草は、その朝鮮朝顔によく似ている」

みのりが表情を強張らせて、佳人の手の喇叭草を凝視した。

「冬に咲く喇叭草は、たぶん朝鮮朝顔の亜種なんだと思う。幻覚作用や依存性についてだけ言えば、原種より悪い可能性もある。異人さんの亡霊は、喇叭草の幻覚作用によってもたらされたまぼろしに過ぎない。ああやって屏風に姿を描いたり皮面を作るのは、異人さんの姿を繰り返し見せて姿形を印象づけることで俺達が一様に幻覚を見るように、認識を共有する意味合いがあるんだと思う。無意識下に姿形を刷り込むよう、意図的にね。

実際、俺達が全員、本当に寸分違わず同じ姿を見ているかどうかなんてわからないだろ？　真っ白な顔、歪な黒目と口。あれだけの特徴があれば詳細なんて気にならない。実に巧妙だよ。そのうちに喇叭草に依存するようになって、精神も摩耗して正気を保っていられなくなれば、誰もが『異人さんの呪いだ』と言うだろう。それで無残な自殺でもしたら完璧だ。そうやって異人殺しの呪いの話は語り継がれ、強固なものになっていった。呪いなんてない。喇叭草の作用を利用した手口。薬物依存だよ」

丸い瞳をさらに丸くして、みのりはふたたび頭を振った。

「そんなのおかしいわ。じゃあ、河彦が殺されたのは？　私達、彼が異人さんに蹂躙されるところを見てるわ。事実、河彦は遺体で発見されてる。あのとき香は焚かれてないから、幻覚じゃないわよ」

「みのり、自室に香を焚いてるんじゃないか」

みのりは口元を手で塞いだ。

やっぱり。お役目のことを教えてくれたときのみのりの怯えようを見て、もしかしてと思ったのだ。亡霊を恐れるあまり、魔除けの香を常用しているのではないかと。

「俺は、煙草だ。島に来てすぐ、吉田に煙草を貰っている。香と同じ匂いだ」

警戒が甘かった。この煙草も恐らくは喇叭草が原料だ。煙草は吸うが、もともとヘビースモーカーというほど吸わなかったのに、やたらと口寂しくなった。喇叭草による依存性だ。

「たしかに河彦は殺された。だが、そんなの誰が犯人だっておかしくない。呪いのおかげで、夜は誰も島をうろつかないんだから殺すのは簡単だ」

「でも誰が。なんのために？」

「それは……わからない」

怨恨か、あるいは裏切り者を制裁し見せしめにする必要があったのか。憶測の域を出ないが、島民が誰一人彼の死に疑問を唱えていないあたり、全員がグルなのではと思えてくる。

そもそも白家が異人殺しの一族だというのも怪しい。先に異人殺しの一族だと名乗ったのは白家の人間自身なのか、それとも白家以外の島民か。発端によって推測できる目的も異なってくる。

白家が憑き物筋であることが、誰にとって都合がいいのかということだ。

「なんらかの必要性があって島民に呪いの存在を信じてもらう必要があったのかもしれない。それか、逆に白家に呪いを信じ込ませる必要があったのか……。どちらにせよ儀式だけが形骸化して、目的を失っているということも有り得る。その場合、悪意のある人間は誰もいないって場合も、あるのかな」

佳人は尤もらしく言って、結論を濁した。

仮に、セイも喇叭草の幻覚作用に気がついていたのなら、どうだろうか。とうに香を焚くのを止めていたかもしれない。そうだとすれば、三年もの間、一人であの役目を担うことができたことも納得ができる。そして、虎視眈々と島を逃げ出すチャンスを窺っていたのではないか。

佳人はみのりの手を掴んだ。

「みのり。あんたも、島を出ないか」

「え？」

「このままじゃ薬物中毒で早死にするぞ。俺と一緒に島を出よう」

「あなたと、東京へ？」

「ああ。いや、東京じゃなくてもいい。どっちにしろ近々引っ越そうと思っていたんだ。みのりの好きな街でいい。二人で一緒に暮らさないか」

みのりの丸い瞳が潤んでいく。

「……二人で？」

「ああ」

白い頬に手を這わせる。

佳人が顔を寄せたとき、みのりの頬に紅が差したが、寂しそうに俯いた。

「どうして」

「だから、危険だからだよ。あんたの置かれている状況が」

「そうじゃなくて」とみのりは頭を振った。

「どうしてそんなことを言うの？　私とあなたが二人で暮らすなんて……」

「あんたといると心が安らぐ」

本心だ。

みのりの前では、誰にも見せたことがない、ありのままの自分でいられる。

「……好きなんだと思う」

「勘違いよ。恵利子さんに唆されて、その気になってるだけ」

「違う！」

傷ついて、佳人は砂浜を歩きだしたみのりの背中に向かって叫んだ。

「じゃあ、家族愛と恋愛をはき違えてるのね」

「それのなにが悪いんだ？」

佳人は小走りで、みのりの前に立ちはだかった。

「それとも、あんたは俺が嫌いか」

「嫌いじゃない。嫌いじゃないけど。……そうね、急すぎるわ」

思いついたように、みのりは言葉を付け加えた。それを言われてしまうと、なにも返せない。

みのりの落ち着き払った態度に、自分のことを客観視してしまう。一人で突っ走って、燃え上って、そう若くもないくせに。直視に耐えがたい自分の情けなさに、みるみる気持ちが沈んでいく。

言わなければよかった。喇叭草の話だけを伝えるつもりだったのに。

「ごめん」

項垂れる佳人の手を、みのりがそっと両手で包んだ。

「なにも謝ることはないのよ。ただ急過ぎるってだけ。もっと、お互いを知ってからでも遅くないわ。そうでしょう？」

潮に洗われた風が、爽やかに二人の間に薫る。

「それと、ありがとう。あなたの提案は考えておくわ」

そう言ったみのりの表情は、これまでで一番優しかった。胸が掴まれたように痛くなり、抱きしめたくなる気持ちを抑え込む。

波打ち際で、砂が音もなく浚われていく。こんな風に、みのりを連れて行ければいいのに。あたかも自然の摂理かのように。

第四章　斜陽

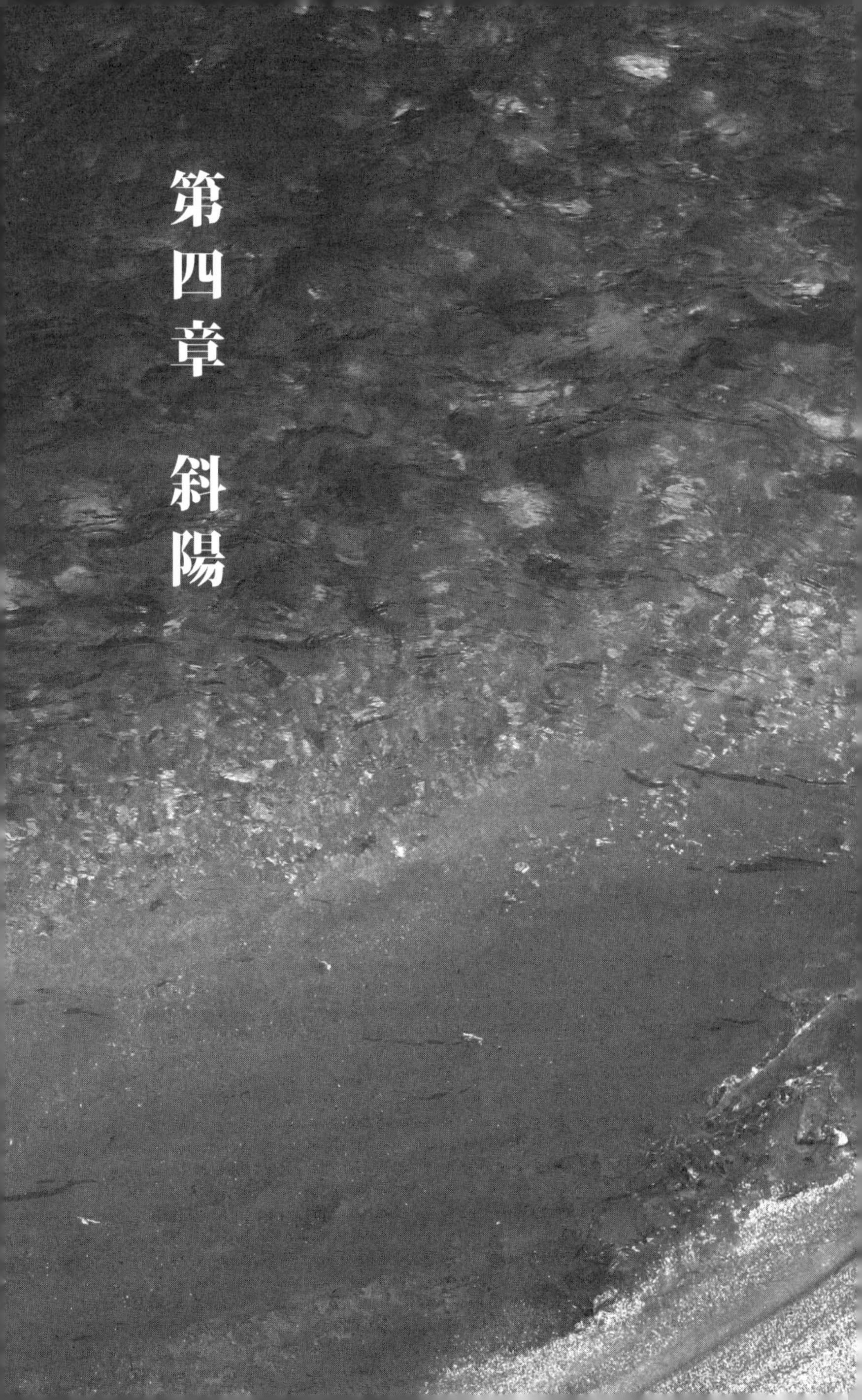

黄金色に輝く、つやつやと腹の膨らんだ、新鮮な鯵《あじ》。

「冬に釣れるのは大きくて美味い」

土産を持参した江島はぶっきらぼうに言って、玄関を出て行った。

みのりは脂の乗った数匹の鯵をうきうきと眺め「今夜の分は刺身にして、残りは揚げようかしら」と呟いた。

せっかく真相を掴んだというのに、屋敷に戻ったみのりは、出掛けた恵利子の代わりに家事をしたり、ハルの看病をしたりと、忙しそうに動き回っている。佳人はといえば、手伝おうにも「散歩して来たら」と体よくあしらわれてしまった。台所からは出汁《だし》のいい香りが漂っていた。

今日が大晦日だということが頭から抜けていた。

異人殺し伝説のこと。喇叭草のこと。白家のこと。みのりに振られたこと。すべてが一気に押し寄せて、自分でも冷静じゃないことは自覚している。なんに対してかわからないが、なんとなく苛立ちを覚える。

——煙草を吸いたい。

そう感じる自分が嫌だ。

「ヨシさん!」

坂の下から手を振るのは吉田だ。足にはまだ包帯が巻かれている。手招きされるがままに近づくと、島民が何人も集まっていた。家の縁側にヒーターを引っ張って、囲碁を打ち、なんと麻雀卓の炬燵まで置かれている。その中には江島の姿もあった。

「ヨシさん、一人かい」

「はい。さっきまではみのりといたんですが」

「おお。おお。そりゃいいね」と吉田が手を打った。

「そうでなくちゃ。みいさんも喜んでるだろ」

「好いてるのかい」

別の島民が尋ねた。

「え? いや。その、可愛いとは思いますけどね」

「そりゃ好いてるってこった」

佳人は頭を掻いた。誘われるがままに流されてしまったものの、この話題は、参ったな。気まずい気持ちで縁側の隅っこに尻を乗っけていると、吉田の妻が「どうぞ」とコップを佳人に差し出してきた。嗅ぐと、酒だ。大晦日だし、みんなで吉田の家に集合して昼から飲んでいるというわけだ。

「でも、彼女には好きな相手がいるんじゃないですかね」

「どうしてそう思う。みいさんがそう言ってたのか」

江島の仏頂面に、皺が寄った。

「だってあんな美人が、この年齢まで独り身っていうのは……。どなたか想い人がいらっしゃるんじゃないですか」

なんだそんなことかというように吉田が大きな声で笑った。

「いるわけねえよ。この島にそんな相手はいねえ。なあ？」

仲間達も次々に「ああ」と頷き合う。

「島外の方かもしれないじゃないですか」と佳人は食い下がった。

「尚更ありえねえな。みいさんが島から出ることなんざ、ねえよ」

あっけらかんと吉田が放った言葉に、佳人は「一度も？」と驚いた。

「それがツクモだ」と江島が低く言った。

軽く探りを入れたつもりが、予想外の返答だ。

「でも、学校は？　この島には学校がないですよね」

「なあにが不思議なんだ。東京モンにはわからねえ話かあ？」

島民達が笑う。

「異人さんがいるからですか？」

佳人の言葉に、サッと場の空気が変わった。たちまち笑い声が引き、吉田達は互いの顔を見合わせる。囲碁の盤面が一掃され、室内では麻雀の牌がぶつかり合う音が騒々しく響いた。吉田の仲間達は無言で縁側から出て行く。

呆気にとられた佳人を見て「お開きだよ。ヨシさんも、ぼちぼち帰りな」と言い放った。

——この島でなにがタブーなのか、まだ掴みきれていないな。

白家を異人殺し一族の座に押し込めたのは島民の方ではないかという考えが強くなる。その昔、栄えた白家に対する妬み嫉《そね》みが渦巻くなか、白家を村八分にする理由を憑き物筋に求めた。時が経つにつれて目的を見失い、形骸化した風習と信仰だけが残った。

島民達や恵利子が、喇叭草の作用をどこまで認識しているのかはわからないが。

……狭い島だ。客観的な事実よりも、島民同士の共通認識の方が真実とされるだろう。幻覚だろうがなんだろうが、異人さんの亡霊が存在するという強固な認識がある限り、本当の意味で事実を覆すことは難しい。

みのりにしてもそうだ。佳人の言い分を本心から信じられているかどうか。彼女は幼少の頃から、異人さんに対する恐怖を刷り込まれている。それを余所から来た自分が種明かしをしたところで、心から理解できるものだろうか。

悶々とした気分で屋敷に帰ると、母屋の台所からパタパタと恵利子が駆けてきた。

「ヨシさん。おかえりなさい」

「どうかしましたか？」

「いえ、あのね……」と言いかけた恵利子の背後から、ハルが現れた。

「明日の、元旦なんだけど。毎年、私達はお役目と同じ格好をして、神社の境内に座るの。初詣の間だけね。今はセイがいないから代わりにヨシ兄さんに座ってほしいんだ。いい？」

そう話すハルの顔にはいくらか明るさが戻っていた。

「座るだけか？」

「うん」

それなら、と佳人は了承する。

「セイがいなくなったこと、島のみんなにはまだ内緒なの。厚く化粧を施して皮面も被るからわからないと思うけれど……」

ハルは、心許なげに表情を翳らせた。セイが島から逃亡したことがわかれば、島では裏切り者の烙印を押される。河彦がそうだったように。

セイが失踪してから今日で三日目。母親である恵利子は、失踪直後こそ取り乱していたものの、今は落ち着き払って見えた。

「島民にもお願いしてセイを捜索してもらった方がいいんじゃないか。たとえ裏切り者と言われようと――」

みのりに耳打ちする。

「恵利子さんは絶対に許さないわよ」

「息子の安否よりも体面が大事だってことか？」

「そんな簡単な話じゃないのよ。恵利子さんだって心配してないわけじゃないと思う。だけど、もしセイが自分から戻ってきたときに、一度でも島を逃げ出していたことが知られたらどんな扱いを受けるか」

「どんなって？　まさか拷問とか？」と佳人は半笑いで言った。

もちろん冗談で言ったつもりだったのに、みのりが一切笑わないので却って重い空気になった。

「……今のは、俺が悪かった」

「自覚があるならいいわ」

呆れた口調で言った後に、みのりは表情を崩して微笑んだ。

「まあ、こんなときでも冗談を言えるところは頼もしいわね」

瞳を細めて、みのりは歯を見せて笑った。そういう風に真正面から褒められると、佳人は照れることもできずに固まってしまう。

「とにかく明日は、あなたはセイの振りをして座っていてね」

「わかったよ」

セイの代わり、か。

どんどん彼の思惑通りに運んでいるかもしれないと思えば複雑だ。ますます泥沼。佳人と河彦はこうして陽炎島に戻り、河彦は殺され、佳人はお役目を課された。

一方、セイはどこへ逃げたのだろう。せめて無事でいてくれればいいが。

そう考えて、河彦について考えが至る。自分と違って東京の暮らしを謳歌していた河彦。

――生きていても生きていなくてもどっちでもいいと零した俺が生きていて、彼の方が死んでしまったのは皮肉だな。

一度きりしか会っていないのに、河彦と話した時間は楽しかった。たとえ騙されたのだとしても、生きて会いたかった。もう一度、彼と酒を飲みたかった。今はもう無理な願いだ。


夕方、みのりがお役目に就くために部屋に入った。佳人は二日ぶりに離れで眠ることになった。だが到底安らぐ気持ちにはなれない。

みのりと、直前まで魔除けの香を消すか話し合った。彼女の心には、案の定、佳人の仮説に対する疑念と、ありとあらゆる不安が渦巻くのが見えた。結局、今夜は香を焚いたままにしておくことに決めた。魔除けに効果がないとわかっても、彼女が納得しきっていないのに余計な変化をもたらすべきじゃない。

それよりも、佳人の躊躇は別にあった。離脱症状だ。

みのりは日中も常時香を焚いているのだと言った。冬の夜は長い。お役目の約十四時間の間に万が一離脱症状が出た場合、どうなるのか想像もつかなかった。興味本位で薬物に手を出し、苦しんだ人間を何人か知っている。依存するまではあっという間なのに、離れるためには血を吐くほどの生き地獄を味わっても足りないのだそうだ。

昨日、小車宛に出した手紙の中に喇叭草を入れた。本当に朝鮮朝顔の一種なのか。毒性があるか。あるならばどんな作用があるか。都内の保健センターに持ち込めば調べてくれるだろう。自分が東京に戻ってからでは遅い。なるべく早く動いておきたかった。

畳に脱ぎ捨てていた上着を手に取ると、ポケットからなにかが落ちた。煙草の箱だ。

昼間、吉田が滑り込ませたのか？　いつの間に？　佳人は煙草の箱を握り潰し、ごみ箱に放り投げた。

――忌々しい……。

苛立った気持ちを抑えて、眠ろうと努めた。

……一本だけなら。

むくりと布団から抜け出て、捨てたばかりの煙草の箱をゴミ箱から拾いあげる。信じられない。幻覚作用があると疑っているのに。どうかしている。震える手で箱を開け、一本、取り出す。佳人の手がライターに伸び、着火する。口に咥えた煙草にライターを近づけ――煙草の紫煙が、仄暗い部屋にたなびく。

思いきり吸うと、甘い匂いが、喉を、鼻を、全身を駆け巡り、たちまち苛立ちが治まった。途端、怒涛のような後悔が押し寄せてくる。なにをやっているんだ。俺は。


「あけましておめでとうございます」

朝早く、母屋ではすでに恵利子がハルの着付けをはじめていた。大きなお腹を圧迫しないよう、帯は締めずにゆったりとさせている。

「ヨシ兄さん。あけましておめでとう」とハルが笑う。

「もうすぐ日が昇るから、姉さんの様子を見てきてくれる？」

「ああ」

格子部屋の中で、白無垢姿のみのりがぐったりと倒れていた。急いで鍵を開け、みのりを抱き寄せる。真っ青な顔をして、呼吸は浅く、昨晩の役目に就かせたことを後悔してしまうほど、真っ青な顔をしていた。

「やっと朝なのね」

「大丈夫か」

「ええ。久々だったから参っただけ」

額には玉の汗が光っている。小さな手が、佳人のセーターをぎゅっと握った。

「幻覚かもしれないとあなたに言われたら、そう思えてきたの。これまで一度も疑問を持たなかったことが我ながら不思議だわ。呪いのことも、お役目のことも、異人さんのことも……。あなたに指摘されなければ、私、死ぬまですべてを信じたままだったわね」

みのりは疲れきった顔で自嘲した。

「感謝するわ」


忙しい朝だった。朝食もそこそこに化粧と着替えを済ませなければならなかった。場所は、以前にみのりと蔵に忍び込んだときに一度訪れたあの神社だ。坂を下りきって、港を過ぎた辺りに建つ。佳人達三人は酉男の運転する車に乗り込んだ。恵利子はあとから来るのだと、門の前で車を見送った。

「あけましておめでとうございます」と酉男に挨拶をしたが、見向きもされなかった。

鳥居をくぐり、灯籠の並ぶ長い参道の正面に拝殿がある。よくある狛犬や狛狐などの守護獣の像は見当たらない。手水舎の水面には喇叭草の白い花が美しく浮かべられている。神木の枝葉に透ける黒色は、蔵の瓦屋根だ。

境内の広さの割に社殿は小ぶりだった。拝殿と本殿が一体になった造りで、屋根は一般的な流造。その下に施された見事な彫刻の装飾に、役目も忘れて見惚れた。隣でみのりが顔を伏せるのも頷ける――異人殺しの物語が、ここにも。木彫りの異人さんに見下ろされながら、拝殿の内部へ進む。古びた木の賽銭箱の四面には墨で文字が書かれていたが劣化しており読めなかった。

開放された本殿に据えられるのは、どんな御神体でもなく、白の屋敷にあるものとよく似た朱色に塗られた格子部屋。屋敷にあるものより二周りは大きい。

「あれに入るのか。まるで見世物だな」

肩を竦めて言うと、ハルが「もう、ヨシ兄さんたらそんなこと言って。神聖な御社なんだから」と咎めた。

みのり、ハル、佳人の三人がまとめて入っても、十分余裕のある広さだ。格子部屋に並んで座り、皮面を被った。

ちらほらと参拝客が現れはじめた。賽銭を投げ入れ、こちらに向かって礼をされると自分が拝まれているような妙な気持ちになる。本殿はその神社の神が宿る場所なのだから、それに則ればここにいる三人が神様の役目というわけだ。

――でも、妙だな。

参拝客を面の穴から覗き見ながら、違和感を覚える。憑き物筋は周囲に忌まれることはあっても拝まれるようなものじゃない。憑き物筋の家に憑いているのは獣だというのが理屈だから神仏とは性質が異なる。拝んだ相手に利益をもたらす存在ではないのだ。白家を憑き物筋の類と見做したのは誤解だったか。

見方を変えてみよう。もし島民にとって、異人さんの亡霊が憑き物というよりも、神仏に近い存在だとしたら……。

呪いを撒き散らす亡霊——いわば悪霊、怨霊を祀るといえば、菅原道真公が代表格だろう。政治争いに巻き込まれた道真が、冤罪によって九州の大宰府へ左遷されたのは有名な話。無念のうちに亡くなった道真だが、死後、その死に関わった貴族らが次々に不慮の死を遂げる。巷《ちまた》では道真公の祟りだという噂が広まり、重なる不幸は道真公の怨霊の仕業とされ、怨霊に対する畏怖の念は膨らみ続ける。そして死後四十四年経った年についに神として祀られるに至るのだ。道真公の神格化は留まることはなく、今やすっかり学問の神として崇められている。怨霊も祀れば神となる典型だ。


怨霊と思い込んで勝手に恐れた人々が、これまた勝手に神と祀りあげたのだから、信仰すらも認識次第ということにならないか。この島における異人さんの亡霊だって同じことかもしれない。財宝に目がくらんだ白一族の先祖に虐殺され、島で怨霊と化した異人達。白一族が呪いを受け、島全体にも呪いが及ぶ一方で、その神懸かり的な力が神格化された側面があり、こうして祀られている……？

だとしても信仰を補強するために、喇叭草を用いるのはやりすぎのきらいがあるが。

足が痺れはじめた頃、参拝客の列が途切れた。島には数えるほどの世帯しか住んでいないのだから当然か。なんとなく、数時間は拘束されることを覚悟していたのだが思ったより早く帰れそうだった。

最後の参拝客が賽銭に小銭を投げ入れた。そのとき、隣で呻き声がした。綿帽子を落とさないよう注意しながらそっと顔を横に向けると、ハルが身を屈めている。参拝客のパン、と手を叩く音がした瞬間、ハルが弾かれたように立ち上がり、格子戸を開け、本殿を走り出た。とても身重とは思えない動きだ。止める暇もなく、あっという間にハルの姿は見えなくなった。目の前の参拝客も、呆気に取られて立ち竦んでいる。

「ハル、どうしたのだろう」と、小声でみのりに尋ねた。

見ると、ハルの座っていた辺りがぐっしょりと濡れている。状況を理解できずに混乱していると、みのりが「破水だわ」と呟いた。

破水。

……産まれる?

「ハル!」

みのりが名を叫びながら後を追っていく。佳人も急いで、それに続いた。皮面が足下に落ちる。

境内ではぱらぱらと島民達が立ち話をしていた。吉田がいつもの調子で「ヨシさんじゃねぇか!」と挨拶をしたが、応える余裕はなかった。

佳人は着物を引き摺って、道路を走る。吐く息が、視界を邪魔するほどに白い。坂のふもとに脱ぎ捨てられた白無垢の打掛が落ちている。遠くに、みのりが坂の頂上付近から雑木林へと入っていくのが見えた。佳人は草履を脱ぎ、足袋でコンクリートを蹴った。

雑木林に入った途端、着物が枝に引っかかった。構わず引っ張って外し、踏み慣らされた道を駆ける。足裏から伝わる土の感触が、痛いほどに冷たい。藪を掻き分け、山の斜面を、走る。

「ハル！　みのり！」

生い茂った草木が視界を遮り、姿を見失ってしまった。佳人の声は虚しく、木々の合間に吸い込まれ、頭上に抜けていった。寒風が吹き抜ける。

ハルは無事だろうか。みのりは追いついただろうか。

……ハルは、なぜ逃げたのだ。

鬱然たる山中のどこにも、二人の気配はなく、忘れかけていた警戒心が蘇る。この林も安全ではないのだった。咲き乱れる喇叭草の甘い香りに、佳人は手を当てて鼻を塞いだ。

「ヨシさあん」

すぐ近くで、低く、伸びた声がした。

しまった、と思った。

幻聴だ。喇叭草の香りにあてられてしまった。

振り返ることもできずに足が硬直する。幻聴だ。恐れるな。自分に言い聞かせて、落ち着こうと努める。それでも刷り込まれた恐怖心は頑固で、体が動いてくれない。

どこかで、赤子の泣く声がした。

産まれたのか?

恐怖心に負けじと四方を見渡す。どこにいる。

「みのり? ハル?」

交差する枝葉の隙間から、鮮やかな白無垢の色が輝いた。体の緊張が解けていく。藪を腕で押し避けながら近づくと、向こうも佳人に気づいたようで、ゆっくりと体を傾けた。綿帽子を被ったままこちらを振り向く。

白無垢よりも白い顔。

違う。ハルじゃない! と足を止めたときには遅かった。綿帽子から、小さな右目と大きな左目が、ぎょろぎょろと顔の表面を泳ぐのが覗く。穴が開いただけの口が縦に長く広がり、低く空気を震わせた。

「ヨシさああん」

幻覚だ。喇叭草の幻覚に違いない。今は朝だぞ。なぜ現れる。逃げなくては。殺される。幻覚だ！

足は神経が切り離されたように感覚がなかった。逃げろ、と脳だけが必死に指令を出す。体勢を崩した体は、後ろに倒れ込んだ。

眼前で、白無垢を纏った異人さんが、丸い黒目をぎゅっと真ん中に寄せた。じいっと佳人だけを凝視しながら、顔を近づけてくる。

やめろ。近寄るな。

しかし声にはならなかった。

「ヨシさああああん。遊ぼおおおよおおおおお」

鼻先に、息がかかる。

足音が徐々に近づき、ハルを呼ぶ。みのりを。俺を。

眼前に揺蕩う黒目の奥にはなにもなかった。眼球も、瞳孔も、なにも。ただ空虚。虚無の穴。

なんの感情もない。殺意も。憎しみも。妬みも嫉みも。

孤独だ。

「ヨシさん！」

はっとして見ると、目の前で恵利子が肩を揺さぶっていた。

「ヨシさん。大丈夫？　ハルさんとみいさんは？」

佳人はただ首を振った。夢現《ゆめうつつ》に、細く赤子の声がした。恵利子は素早く反応して顔をあげ、背後の酉男に合図をして歩きだす。佳人もよろよろと立ち上がった。眩暈がして頭がぐらぐらする。曇りはじめた思考の奥から、低い声が呼びかけてくる。幻聴だ。吐き気を堪えながら、木の幹に手をつき、恵利子達に遅れをとらぬように歩いた。煌めく海面が見えてくる。斜面を下り、浜辺に差し掛かった岩陰にみのりの姿が見えた。

彼女のすぐ傍、砂浜にハルが横たわっている。赤い染みで汚れた白無垢が翅のように広がり、股の間に醜怪な血の塊がある。ぶよぶよと紐が伸びた先に、血塗れの赤子が口をあんぐりと開けた。

後ずさる佳人の隣で、恵利子が喜びを露わにして胸の前で手を合わせた。

「産まれたのね！」

泣く赤子を胸に抱き、みのりが呆然と頷いた。

「そうみたい」

「よくやったわ、ハルさん……」

恵利子は宝物を見る目で、腕の中の赤子を覗き込んだ。

「……セイさんの子じゃない」

声は尻すぼみになり、波が引くように表情が消え失せる。

「これはセイさんとの子じゃない。ハルさん、どういうことなの。誰の子なの、これは。誰とまぐわったの！」

ハルに馬乗りになり、がくがくと体を揺らして責め立てる恵利子。

なすがままのハルは意識朦朧として口から涎を垂らし、首の据わらない赤子のようにただ頭を揺らす。

「恵利子さん――」

佳人は恵利子の肩を掴んで制止したが彼女はそれを振り払い、今度は背後に立つ酉男に向かって、鬼の形相で叫んだ。

「あんたか！　また、あんたがやったのか！」

酉男は無言で、無表情のまま、立ち尽くしている。

「恵利子さん。ここにいては、人が来るわ。屋敷に戻りましょう」

冷静な口調で促したのはみのりだった。恵利子は険しい形相のままみのりを睨んだが、やがてふっと項垂れ、「そう。そうね」と従った。

暗澹とした空気が、鉛のように重く白家の屋敷中に立ち込める。赤ん坊の誕生を祝うおめでたい雰囲気は微塵もない。佳人が離れにいるよう命じられてから、すでに何時間も経っている。数々の疑問ばかり浮かんでは、答えもなく、泡になって弾けた。山で異人さんの幻覚にああまで怯えた自分が情けなく、同時に、立てた仮説のすべてが曖昧になるようだった。

幻覚だった――んだよな？

それどころか、また新たな謎が。

ハルの産んだ赤ん坊である。恵利子は、あの赤ん坊をハルとセイの子どもだと認識していた。

――だが、二人は兄妹だ。

有り得ない。これも島の因習なのか？　異人殺し伝説に関わることなのだろうか。それとも、まったく関係のない、白家の私的な問題なのか。恵利子は兄妹の子が産まれると信じており、結果、違っていた？

彼女はセイの子ではないと一目見て見分けた。顔立ちか？　産まれたての赤ん坊の顔なんか、誰も彼も似たようなものじゃないか。見分けられるとも思えない。

さらに、恵利子が酉男に向かって吐いた言葉。

酉男が……伯父が――ハルと？　実の親子が？

いや。これについては、酉男は否定も肯定もしていない。

引っ掛かるのは「またやったのか」という恵利子の言葉。また、とはどういうことか……。

考え込むうち、無意識に煙草を咥えていた。佳人はふうっと煙を肺から追い出す。

――謎が多すぎる。

喇叭草の幻覚作用に気がついたときは、すっかり島の真実を解き明かした気になったが、そんな生易しいものではなかった。途方もなく根深いなにかが島中に張り巡らされ、その奥に手に負えない怪物が潜んでいる。そんな気にさせられる。

一度はみのりを連れて島を出ると意気込んだが、甘かったのだ。真相にはまだ届かない。

本当にみのりを連れて行きたいのなら、島の真実を知らなければならない。たとえどんな化物が現れようと、対峙してようやく、みのりを想う資格を得られる。

佳人はまだ十分残っている煙草を、灰皿に押しつけて消した。離れの一番奥。河彦の写真を見つけた部屋。あそこに、まだなにか手掛かりがあるかもしれない。

日当たりの悪い物置部屋は、昼にも室温は上昇せず、暗く冷えていた。佳人は部屋に押し込まれた物をすべて隈なく確かめた。棚はすべての棚板を外し、箪笥はすべての引き出しを取っ払った。置物や人形は裂き、中になにかが入っていないかを確認した。

なにもない。

なおも諦めずに、空の押入れを開ける。

佳人は上段にのぼった。こういう押入れは天板が外れるはずだ。両腕を伸ばして天井を押し上げると、天板が横にずれ、塵がぱらぱらと落ちる。

けほけほといがらっぽく咳き込みながら頭を突っ込んだが、埃の積もった屋根裏が広がるだけだった。

こちらにもなにもない、か。

天板をもとに戻し、佳人は押入れから降りた。

お次は、下段。両手をついて隅から隅に注意深く手を這わせる。……ここまで綺麗に片づけられているのも却って不自然だ。佳人が泊まる前から押入れは収納として使われていなかったに違いない。

半ば諦めかけたとき、指先に固い物が触れた。なんだろう——と手のひらで探る。床に、金属部品が嵌められており、凹みに指が引っ掛けられる。取っ手か。指に力を込めて引き上げると、いとも簡単に床板が浮いた。

床下収納だろうか。それは変だ。この上に物を置いたら、扉が開けられず、収納が使えなくなってしまうではないか。そのために押入れを空に？　どうしてそんな面倒な間取りに。

佳人はぐっと指に力をこめて床板を外した。

眼前に現れた光景に目を疑った。

さらに下に向かって階段が延びている。入口は狭く、佳人がギリギリ通れる程度の幅しかない。佳人は近くに転がっていた懐中電灯を手にした。床に尻をつけ、片足を入口に差し入れる。ひんやりとした空気が肌を刺した。……深そうだ。佳人は手を壁につきながらゆっくりと進みはじめた。

嗅ぎ慣れない臭いが鼻孔をつく。薬品のような。腐葉土のような。傾斜の急な階段を下りるにつれて臭いが強くなる。

階段が終わると、ドアがあった。地下室だ。直立しても頭をぶつけないくらいの十分な高さがある。

懐中電灯で室内を照らす。部屋の中央に台が置かれていた。人間一人が横たわれるほどの大きさだ。なんの用途だろうか。佳人は懐中電灯で壁を照らした。きらりと光が反射する。

刃物だ。刃先が光る。何本もの刃物が壁に整然と掛けられ並んでいる。牛刀包丁。金槌に、鉈。ノコギリ。

拷問、という単語が頭に浮かんだ。まさかとは思うが、でも。入口が押入れの中に隠された、地下室で、秘密裏にやることなんて……。

数歩、後ろによろめいた佳人は踵をなにかにぶつけた。懐中電灯の明かりに、なにかが浮かび上がる。

箱？　いや——棺？

嫌な予感しかしなかった。開けるべきではない。絶対に、中身を見るべきじゃない。そう思っても、手が動く。目前にして、開けずにはいられない。島の真実を知りたいのなら、逃げてはいけない。

震える手で、棺の蓋をずらした。

中に横たわっているそれは、赤茶けた布にくるまれている。丁寧に何重にも巻きつけられた布の切れ目を指先でつまみ、徐々に剥いでいく。刺激臭が。

佳人の喉仏が上下する。

黒い。乾いた、真黒に変色した皮膚。窪んだ眼窩。


——木乃伊《ミイラ》だ。

港の公衆電話に駆けこんだ。覚束ない指先で、空で覚えている番号を回す。呼び出し音が不安定に揺らぎ鳴った。早く出てくれ。苛々と足踏みをする。音が途切れると同時に、佳人は「もしもし」と早口で呼び掛けた。

「津雲か？」

久々に聞く小車の声。つい先々週に会ったばかりなのに、ひどく懐かしく感じられた。

「新年早々すみません」

「いいよ。こっちは新年も関係なく仕事だ。あけましておめでとう。まだ島に滞在してるのか？」

「ええ。その、お伝えしたいことと、相談したいことが」

焦って捲し立てる佳人に、小車は「……なんだ？」と怪訝な声を出した。

「なにから話せばいいのか。そうだ。元河彦さんが、島で殺されました」

一瞬の沈黙のあと、「え？」と小車が声を漏らした。

「詳しいことはまた今度。それで──」

「ちょっと待て、待て。誰のことだ、それは」

今度は佳人が「え？」と声をあげる番だった。

「元河彦さんですよ。この島に来る前に、小車さんから紹介してもらったロケコーディネーターの」

「あたしは誰も紹介なんかしてねえぞ」

佳人は絶句した。小車の知人だということすら。なにもかもが嘘で塗り固められていたのか。

「……すみません、今のは忘れてください。一昨日、こちらから出版社の住所に手紙をお送りしたんです。小車さん宛てにしてるんで、早めに中身を見てもらえると助かります」

「ああ、そう。了解」と小車は軽く返事をし、「それでお前、いつまで島にいるつもりなんだ」と尋ねた。

答えようとしたときだった。背後に気配を感じ、咄嗟に公衆電話のフックを下げた。電話機からテレホンカードが吐き出され、電子音が鳴り響く。

振り向けば、酉男が無機質な目で佳人を見下ろしていた。

「酉男さん――」

佳人が口を開いたとき、酉男の後ろから恵利子が現れた。

「こんなところにいらしたの。ヨシさん」

微笑みかけながら、佳人に近づく。

「離れにいらっしゃらないから、あちこち捜しちゃったわ。もしかしてヨシさんまでいなくなってしまったんじゃないかと」

恵利子は微笑みを貼りつけて眉一つ動かさない。

「母屋に来てくださる？　これからのことをお話ししたいわ」

「これからのこと？」と佳人は聞き返した。

「ああ、そうですね。年も明けましたし、いつなら船は出していただけるんでしょうか」

恵利子が高らかに笑った。なにがおかしいのか。

「いやだわ。まだ、東京にお戻りになるつもりなの？　ずっと島にいたらいいではありませんか。

私も、夫も、みいさんも、ハルさんも、他の皆さんも、この島の全員がヨシさんを歓迎していま す」

「それは有り難いことです。心から感謝しています。しかし東京に、仕事も残してきていますし、それに」

「本当に、お戻りになりたいの？」

話している途中に遮られ、佳人は言葉がつっかえた。恵利子が徐々に距離を詰める。

「ここがあなたの居場所だと、すでにおわかりなんでしょう」

「俺は」

「あちらであなたの帰りを待っている方はいる？　あなたがいなくなって悲しむ方はいらっしゃるの？　小説なんてこの世にごまんとあるわ。ただの小説家の代わりなんていくらでもきくのよ。おわかりなんでしょう。あなたが求めているのは本当の意味での居場所。つまり、家族。そうでしょう？　否定なさらないで。この島にいれば、私達はあなたの家族です。それに……私達にも、あなたが必要だわ。お役目だけじゃない。拠り所として、あなたが必要なの。みいさんがあんなに楽しそうにお喋りするのを、私は久しく見ていなかったわ。あなたのおかげよ。あなたが来てくれたからよ。あなたのおかげで、私達家族は、心の底から嬉しいの」

恵利子の細い腕が、佳人へと伸びる。

「まだ心の整理がつかないのも無理はないわ。ヨシさん。この島のことでお聞きになりたいことがあるなら、遠慮なく仰って頂戴ね」

冷たい指先が頬に触れた。

「……白家の、島の、すべてを」

恵利子はゆっくりと腕をおろし、小さく頷いた。


静寂に支配された長い長い廊下を歩く。

「みのりとハルは？　ハルの赤ん坊は？」

「ご心配なく。部屋で休んでいますから」

そう言って、恵利子は佳人を部屋に案内した。はじめて通される和室だ。いったいこの屋敷には何部屋あるのか。

甘い匂い。これは。部屋の四隅に焚かれた香に気づき、佳人は蹴って倒した。即座に、西男が佳人の腕を掴み、床の上に引き倒した。容赦なく畳に顔を押しつけられる。佳人は痛みに顔を歪めて「こんな小細工は不要です」と呻いた。

「喇叭草の毒性はわかっています！」

「そうですか」と恵利子は目で合図をし、西男は佳人を解放した。

恵利子が一つ一つの香を消して歩く。

「恵利子さん。真実を教えてください。この島の信仰とはなんなのですか。白家は一体なにに縛られているのですか」

「もちろんすべてをお話しするつもりです。その代わり――」と恵利子は言葉を切った。

「――真実を知れば、後戻りはできませんよ。私達にはあなたが必要だという意味でもそうですし、あなた自身も、己への認識が一変してしまうことでしょう」

佳人は顎を引いた。覚悟など、今さら確認するまでもない。

恵利子が酉男を退出させ、部屋に二人きりになった。恵利子は懐から巻物を取り出した。立派な仕立てだが、表装が色褪せていることから年代物であることがわかる。朱色の紐が解かれる。それを佳人の正面に置くもそこから身じろぎもせず、怖気づいたかに見えたが、やがて意を決したように恵利子は巻物を畳に滑らせた。

「白家の家系図です」

広げられた家系図を右端から順に読む。

嫌でも、一目で気付かざるを得ない。その異常性には。

恵利子は佳人の顔色を窺うように一拍置いてから、静かに、低い声で話しはじめた。

「陽炎島の異人さん信仰は、島に伝わる異人殺し伝説がすべての発端です。ご存じのこともあるでしょうが、順を追ってお話ししますから、どうか聞いてくださいな。

事の発端は一八〇〇年代――江戸時代の終りの頃、この島に余所者が漂着しました。お察しの通り、私達が『異人さん』と呼んでいる存在です。見たこともない奇妙な姿形。貧しい島民がはじめて目にする、莫大な金銀財宝を持っていました。島民を驚かせたのはそれだけではありません。彼らが踏んだ土からは植物が芽生え、小さな芽はみるみる蔓を伸ばし、木々に絡みつき、美しい大輪の花を咲かせた。奇術のように。この植物こそが喇叭草なのです。摩訶不思議な力を目の当たりにした島民は、彼らを招き入れた。言い伝えでは歓迎したという体になっていますが、実際はわかりません。押し切られたのか、……招き入れざるを得ないなにかがあったのか。その当時、すでに島を仕切っていたのが白家です。白家の当主の命で、その晩に歓迎の宴が催されました。それはもう盛大に。島民全員が出席をした。それが悲劇のはじまりでした。宴は想像以上の盛り上がりを見せ、歌い、踊り、飲み、やがて収拾がつかなくなり、乱痴気騒ぎと化したのです。島の人々と異人さんは、夜通し……契りを……」

「性行為に耽ったのですね。酒と、喇叭草の作用でしょうか」

「そう考える島民も多いですが……どうでしょうね」と恵利子は濁した。

「この宴で、白家の当主の娘が異人さんと関係を持った。夜が明けてそれを知った白家の当主は、怒りに任せて、異人さんを皆殺しにてしまいました。島中を逃げ惑う異人さんを一人残らず捕まえて、残忍なやり方で殺したそうです。ある者は崖から繰り返し落とされ、ある者は生きたまま切り刻まれ、ある者は島中を引き回されました。遺体は山に棄てたと。

白家は異人さんのもたらした金銀財宝を奪ったことでさらに栄えました。富は島民にも還元され、島は他国との交流を完全に絶ちます。富と喇叭草の存在を隠蔽する目的もあったでしょう。喇叭草は島民の間で嗜好品として楽しまれ、また、鎮痛剤としても重宝されました。

順風満帆の白家でしたが、一向に子宝に恵まれませんでした。なんとか産まれてもすぐに死んでしまうか、ひどく脆弱で、うまく育たない。異人さんの祟りを疑った当主が、山に棄てた異人さんの遺体を弔うことを決めます。――当主が山に入ったそのとき。目の前に異人さんの亡霊が現れ、当主にこう告げたそうです。『私達をこの島に、もう一度招き入れてくれるのなら、赦してあげましょう』と。当主はすぐに了承しました。翌日、娘の腹がみるみる大きくなり、その晩のうちに産まれたのが男女の双子でした。

この夜からです。異人さんの亡霊が島を彷徨うようになったのは。野山を駆け、家々を覗き込み、歌い、踊り、ときに白家の人間を殺して回るようになりました。まるで、弄ぶように、彼らの殺され方と似た、残忍なやり方で。招き入れるという言葉の真の意味を知った当主は、ふたたび異人さんに懇願するため、双子の女児の方の顔を白く塗り、山へ連れて行きます。『見てください』と。産まれた双子は、あなた方の子どもです。私達は家族です。家族を殺すことはやめてください』と。異人さんはその懇願を聞き入れ、殺すことを止めたといいます。――これが、白一族のお役目のはじまりなのです」

恵利子の語りに耳を傾けながらも、佳人は家系図から目を離すことができなかった。白家の最初の夫妻から、線を引かれた先に八人の子どもの名前が記されている。それぞれ二人ずつが線で結ばれ、さらに次の世代に繋がる。その子どもらも同じように二人ずつが線で繋がり、そうして血が続いていく。

この図が示すものは、白一族が兄弟姉妹による近親婚を繰り返しているという事実。

佳人は吐き気を催した。直視できない真実が、そこにはあった。

名付けも異様で、大半が親と同じ名前を付けられている。

佳人は左端、最後のきょうだいに目をやった。

線で結ばれた「祥」と「胎」の次に、四人の子どもがある。

両親と同じく「胎」、「祥」、その隣に「牲」と「腹」。

線で結ばれているのは「牲」と「腹」の二人だけだ。

父の名は祥《アキラ》。そして祥はヨシとも読める。島民が「ヨシさん」と呼ぶのは、てっきり幼少期の愛称なのだと思っていたが違った。

——俺は、この島では佳人ではなく、祥《ヨシ》だったのか。

みのりが島で「みいさん」と呼ばれているのも、同じだ。親しみなど一切込められていない。

彼女の本当の名は、「胎《み》」。

島民は単に「胎さん」と呼んでいたに過ぎないのだ。

家系図の、胎と祥が並ぶ前に、手をついて、うずくまった。

――みのりは、俺の実姉だ。

「双子同士が契り、子を生《な》して、一族を絶やさないことが白一族に課せられた罰。しかし二十五年前、あなたの父親は、あなたを連れて島外へ逃げてしまった。母親とみいさんは守ることができましたし、残った母親が次の双子を身籠っていたのが幸いでした。これがセイさんとハルさんです。それでも双子が一組だけでは足りない。我々は血眼になってあなた方の行方を捜しましたが、なかなか足取りを掴むことができませんでした。諦めて捜索の手を絶ってから二十年余。ハルさんが流産と死産を繰り返すうちに、ふたたび島内であなたを連れ戻すべきだという声が高まった。そんな折に、光明が差したのです。それが、あなたの書いた小説」

陽が落ちるように、体中の力が抜けていく。

「あとは手紙に書いた通りですわ。津雲佳人という著者名を知って、もしやと勘づきました。確信に変わったのは本の内容を読んでからですわ。小さな集落、山向こうに見える海、坂に沿って立つ家々、その軒先に灯された蝋燭の灯り。舞台は島ではなく山村でしたけれど、そこには陽炎島の面影がありました」

――俺は自分から、手繰り寄せたのか。この因縁を。

「つまり、俺とみのりに子どもを作らせるために……」

恵利子は佳人の身を案じて捜索していたのではない。みのりの番《つがい》として――いや、島の掟に従って子を産ませるために佳人が必要だった。

「まるで家畜じゃないか」と佳人は吐き捨てた。

ハルが流産と死産を繰り返したのも無理はない。家系図を見れば一目瞭然で、代を追うごとに出生率は著しく下がっている。かなり以前から、遺伝子の障害が生じていたに違いない。あまりに血が濃すぎる。

「外の文化圏で育ったあなたは、実の姉を番には選ばない恐れがありました。ですから念には念を入れて、みいさんを従姉だと偽ったのです。一応、伝えておきますが、これはみいさんの提案でもあります」

佳人はこめかみを押さえた。眩暈がする。

「……狂ってる！　なんのためにこんなことを」

「かつての当主が犯した異人殺しによる呪いを封じ込めるためです。これは罰なのです」

「狂ってる」と佳人は囁くように繰り返した。

理屈では崩せない。強固な信仰はこの島の文化で、常識で、経済活動であり、生活そのものである。いかに現代の常識に照らして非常識だ、非人道的だと唱えたところで、これまで島の生活が上手く回ってきたという実績の前ではなんの意味も持たない。

父も、母も、祖父も、祖母も、大きな信仰の潮流の中で生まれ、死に、信仰の一部になった。


——では、目の前の恵利子は誰なのだ?


畳に両手をついたまま、恐る恐る恵利子の顔を見上げた。彼女は佳人の胸中を察したように、口を開いた。

「私は代々、白家に仕えてきた家の者。本当の名は、元恵利子です」

——元? まさか。

「では、あなたは元河彦の」

「母です」

嘘だろう。

「あなたと河彦は手を組んでいたのか。手紙だけでは俺が島に戻らないと踏んで、河彦を俺に近づけたんだな!」

立ち上がり、恵利子に向かって怒声をあげた。沸々と、怒りの感情が燃える。

「河彦を? ——なんの話ですか」と恵利子は驚いた顔で佳人を見上げる。

その反応に、佳人も肩透かしを食らってしまった。元河彦が、自分に近づいたことを、恵利子が知らない？　そんなことが有り得るのか？　母と子が、同じ時、まったく別の土地で、佳人を島に呼び戻そうとしたと？

「三年前、河彦は島を抜け出したんですよ。親である私にも言わずに」

「そして先日、島で死んだ。誰かに殺されたんじゃないのか」

「いいえ。あれは異人さんの裁きでしょう。私は遺体を見ましたし、たしかに――私の息子でした。なぜ戻ってきたのかはわかりませんが、島を抜け出した以上、当然の報いです」

恵利子は、自分を抑えるように息を吐いた。

「あなたが東京で河彦に会ったのだとすれば、それは、宿命ですわね」と恵利子が言った。

なにが宿命だ。便利な言葉を――。

佳人は奥歯を噛み締める。それならば、手を引いていたのはやはりセイか。佳人を身代わりに、自分が逃げるために――いや――。

頭の中で、恵利子の言う通りだ、という声がした。

もしかして誰の手引きでもなく、自分はこの島に必然的に導かれたのでは。たとえセイと河彦が手を組んでいたのだとしても、すべてのきっかけは自分が書いた小説だ。

「……セイが、河彦と連絡を取っていたということは」

「有り得ませんわ。東京にいる人間と連絡を取れるような手段は、セイさんにはありません」

恵利子に断言され、佳人は堪らず目頭を押さえた。

噛み合わない。

では、河彦は彼自身の考えで、自分を見つけ出したと。

なんのために？

白佳人としての人生を理想を棄て去るつもりで書いた小説も、この島に戻るために書かされたのではとすら思えてくる。自分もとっくのとうに異人伝説のうちに取り込まれ、歯車として機能すべく生きてきたのではないか。

――それも悪くないんじゃないか。認めちまえよ。

大勢の中のはぐれ者でいるより、歯車として役目がある方がずっといいのでは。

これまで巡らせてきた思考を、もう放棄してしまいたい衝動に駆られた。

「なぜ、父は島を出たんですか」

問いかけながらも、答えは出ていた。父は島の歯車として生きるのが嫌になったのだろう。洗脳めいた状況下に置かれていた父は、やがてこの島の異常性に気づき、息子の自分を連れて島を出たのだ。

「あなたの母を捨てたのですよ」

その声は、冷たく、棘があった。

「あなたの母――先代のみいさんが、不貞をしたのです。私の夫、元酉男と」

佳人は目を見開いた。予想外の答えだった。

「不貞はすぐに明るみになりました。あなたの父は、穏やかに、すべてを許したように振る舞っていました。その胸に怒りの炎が灯っていることに、誰も気づけなかった。そうして一年近くの時が過ぎ、セイとハルが産まれる直前のことです。私達がお産の準備で忙しなくしているどさくさに紛れて、あなたを連れて島を出た。あなたの母と、姉を島に残して。……復讐のつもりだったのでしょうね」

母が、酉男と。

あのときの恵利子の言葉は、このことを指していたのか。

「……母の写真は、ありませんか」と佳人が言うと、それも予想の範疇だというように恵利子は無言で写真を差し出した。

三人の子どもに囲まれ、海辺に佇む着物姿の女性。その表情に笑顔はなく、どこか虚ろに、写真を撮られていることにも気付いていない風だった。

「子ども達は、右からみいさん、ハルさん、セイさんですわ」と恵利子が指を差した。「……お顔立ちは、少しみいさんに似ているでしょう?」

恵利子の声は、佳人の耳には届かなかった。

はじめて見る、母の顔。だが。

佳人の頭に一つの仮説が浮かんだ。動揺を悟られないよう、恵利子に「この写真は貰っても?」

と尋ねた。

「ええ」

「どうも」

お礼を言った語尾が震えた。

気持ちを落ち着けるため、ぎゅっと目を瞑った。赤い瞼の裏にみのりの姿が浮かぶ。真実が曖昧模糊として揺らぐ。縋れるのは、彼女への想いだけ。たとえ姉だったとしても、構わない。今はそれしかない。

ふたたび目を開けて、佳人は恵利子に尋ねた。

「異人さんとは、何者なのですか」

「異人さんは、異人さんです。正体はわかりません。お役目に就いた日、あなたもご覧になったのでしょう？」

「あれは喇叭草の幻覚ですよ。俺が知りたいのは、この島に漂着した余所者の正体です」

恵利子は、ふう、と息を吐いた。

「喇叭草をお疑いなのね。お察しの通り、あれは幻覚作用や高揚感をもたらす有毒植物です。依存性はありますけれど重く捉えるほどでもありませんわ。この島には余って腐るほどに生えているのですから」

意図した回答が得られなかった。

喇叭草。恐らく朝鮮朝顔の亜種。朝鮮朝顔は朝鮮半島由来の植物ではない。この植物が日本に入ってきた江戸時代の当時、外国種の植物には「朝鮮」と付けられるのが常だったために名づけられたに過ぎない。

そうだ。同じではないか？

顔の白さが強調されていることからも、異人は西欧から流れ着いた白人の可能性がある。江戸時代、九州は出島をはじめとして異国の玄関口の役目を果たしており、西洋人の往来も多かった。この島だって立地的には流れ着いてもおかしくはない。喇叭草は西欧から持ち込まれたのでは。異人の正体を誤魔化すのは、惨劇の末路を考えて、西洋人をそのまま描くのを憚る気持ちが根底にあったのかもしれない。

「喇叭草と異人さんの亡霊はまったくの別物ですわ。幻覚、幻聴ではありません」

強張った顔で、恵利子が正面から佳人を見据える。

「そんなことで否定できる程度のものなら、これだけの人数が島に、家に、仕える理由になりませんわ」

恵利子が家系図の巻物を撫でた。

――幻覚ではない？　異人さんは存在、、する、、？

駄目だ。流されてはいけない。

こういう方便でみのり達も騙されてきたに違いない。呪いはあると。異人さんの亡霊は存在するのだと。そう、思わされてきた結果が、現在《いま》なのだから。

「ヨシさん。あらためてお願いしますわ。島に残って、みいさんと子を生してください。そしてあなたに、白家を継いでいただきたいの」

膝の上で拳を握る。

まだだ。まだ聞きたいことがある。

「離れの地下室に、木乃伊が隠されているのを見つけました。あれは、なんなのですか」

最後の質問のつもりで、佳人は恵利子に投げかけた。

「ご覧になってしまったのね……」と恵利子が視線を落とす。

「あれは白家の者です。この島では、白一族の霊を鎮めるために死後は木乃伊にするのです」

白一族の？

「では、地下室の木乃伊は――」と佳人が口を開いたとき、バタバタと慌ただしく複数の足音が聞こえた。

物が倒れる音や怒声が聞こえ、恵利子が立ち上がる。

「騒がしいわね。なんでしょう。少し見てきますわ」

恵利子が部屋を出て行く。

一人になり、ひどい疲労を覚えながら家系図を眺めた。……流されるな。呪いなんか存在するわけがない。異人さんの亡霊なんか存在しない。短命の者、気が狂って死んでいた者達は、喇叭草の過剰摂取や、遺伝子異常で説明がつく。自分が見たものもすべて幻覚だ。なにも不思議なことなんかない。当時、無知だった島民が喇叭草の毒性に気がつかず、呪いに理由をこじつけてしまったことがすべてのはじまりだ。


——流されるな。島の迷信に呑まれるな。


母は、なぜ父を裏切ったのだろう。酉男を愛したからか。実兄と契ることに抵抗があったのか。罪の意識に耐えられなかったのか。

父は？　母を愛していたのだろうか。だから母の裏切りを許せずに、息子を連れて、島から逃げたのか。

恵利子は復讐だと言った。果たして、父のその選択は正しかったのだろうか。復讐のためだけに、家族を、故郷を捨て、東京の街で、底辺の、ごみ屑のように惨めな暮らしを送る方が、良かったのだろうか。

……みのり達白家の人間は、屋敷に半ば幽閉されてはいるものの、近親婚や神事が義務として課される他は、立派な屋敷で衣食住も保障されている。

父は選択を誤った。

だから死んだ。自分自身の手で、惨めに、虚しく、ボロいアパートの一室で、自分の——恐らくは島から持ち出した牛刀包丁で——腹をかっ割いて死んだ。すでに喇叭草に毒されていたせいかもしれない。結局は、なんの意味もない復讐の末に自滅したのだ。


——俺は、ああはなりたくない。そのために俺は……。


突如、佳人の思考を邪魔するように、襖が荒々しく開かれた。

「ああ。ヨシさんかい」

吉田が立っていた。額から汗が流れている。襖の向こう、屋敷の通路には吉田だけではなく、江島や他数名の島民がわらわらと集まっていた。

「あなた方、なんのつもりですか。白の敷地に立ち入るなんて——」と恵利子が、吉田と佳人の間に割って入る。

「恵利子さんが怪しい行動をするからだろう」

江島が、顔中に皺を寄せて怒りを露わにした。

「私が？」

「もともと怪しいと思ってたんだよなあ」と吉田も加勢する。

「セイさんは神事以外でめっきり姿を見せねえし、ハルさんは一向に子を生さない。先代のみいさんの木乃伊も俺らに渡さない。恵利子さんが島の財産を私物化しようとしてるんじゃねえかって話してたんだよ」

恵利子の顔が紅潮し、掴みかからんばかりの威勢で反論する。唾の飛沫が、暗い廊下に飛び散った。

「そんなことするわけがないでしょう！　私は元家として、島のために尽くしているのですよ！」

肩を上下させ、恵利子は江島を睨む。

「わかったもんじゃねえな」

フンと鼻を鳴らし、江島が佳人を指差した。

「今朝、セイさんの代わりにヨシさんを据えたことについてもなんの説明も受けてないぞ。セイさんはどうしたんだ！」

今度は江島が怒鳴る番だった。答えずにいる恵利子の拳が震えている。

「死んじまったのか？　……まさか、逃げたんじゃねえだろうな」

廊下に、密度の濃い沈黙が流れた。その場にいる誰もが恵利子の答えを待ったが、彼女は無言を貫いた。

だんだんと沈黙の濃度が薄れ、島民同士が目配せをし合う。

口火を切ったのは吉田だった。

「まあ、良かったじゃねえか。ハルさんの子が産まれたあとで。なあ？」

「産まれた双子はどこにいる」

江島が淡々と恵利子を問い詰める。

はたと気づいた。そうだ。先刻ハルが産んだ赤ん坊は一人きり。白一族の双子同士が産んだ子は、代々、全員が双子だったと、あの家系図が示している。

島民達の背後から、みのりがおずおずと現れた。困惑した目つきでこちらを窺い、「みなさん、どうしたの」と声を掛ける。

「ああ、みぃさんか。俺達はハルさんの産んだ双子を見に来たんだよ」

吉田がにこやかに答えた。

みのりは明らかに狼狽《うろた》え、恵利子と、それから佳人を見た。恵利子は逡巡している様子で、まだ口を開かない。

「恵利子さん。ハルさんはどこだ」

江島の鋭い視線に、恵利子は憤怒の表情で歯を食いしばりながらも、ゆっくりと首を横に振った。

「ハルさんは出てこられねえか。産後だもんな。それじゃあ、双子だけでいい。顔を見せてくれ。江島さんも、いいだろ？　それで帰ろう。な？」

吉田が両手を広げて、恵利子を宥めるように譲歩する。

「な？　本当に双子が産まれたんだよな？」

柔らかな声色だった。

「まさか、違うなんてことは、ねえよな？　恵利子さん。な？」

「有り得ませんわ！」

恵利子が叫んだ。

「ハルさんは双子を産みました。白一族の。新たな双子を！」

「それなら安心だ」と吉田は破顔する。

「じゃあ、なんの問題もねえ。見せてくれよ」

「それはできません。第一、白家の屋敷に立ち入ること自体、禁じているというのに」

「捜せ」と江島が一言、他の島民らに指図した。島民らはすぐに廊下を引き返し、部屋の襖という襖を次々と開けていく。憤慨した恵利子が江島に突っかかろうとしたのを、吉田が制止し、その勢いで恵利子がよろめいて倒れた。

甲高い悲鳴に、佳人の頭がぷつんと音を立てた。

佳人は吉田の鼻を折るつもりで力を込め、顔面に拳をおろした。吉田が呻き声をあげる。すぐさま五人の島民が佳人を囲む。懐から、牛刀包丁を取り出すと、彼らは一斉に後ずさった。刃先を振り回し、「出て行け！」と叫ぶ。

出て行け。この屋敷から。俺の家から。

殴られたばかりの吉田が、鼻血を垂らしながら佳人の足首を掴んだ。それを振りほどこうと格闘した隙をついて、江島が佳人に飛び掛かる。ずぶ、と泥に手を差すような感覚があった。江島が後ろに倒れていく。道が開き、佳人はハルを捜索している島民達へと向かっていった。廊下の中央に立ちはだかったみのりを力ずくで退けた島民の背中に飛び掛かって引き倒す。その拍子に牛刀包丁の柄が血で滑り、取り落としてしまった。彼が衝撃に嗚咽している間に、目玉に指を突き立てる。鋭い悲鳴が廊下中に響いた。

「やめて！」とみのりが叫んだ。

島民が、ハルの自室へ殺到する。集団のしんがりを掴もうと走るが、伸ばした腕は届かず、猪の群れのように勢いは止まらない。双子ではないと彼らに知れたら、ハルはどうなる？　ハルと、赤ん坊は――。


「やめろおおおおおお！」

獣のように咆哮した。それは佳人の口から出ていた。島民は止まらず、襖を剥ぐように開けた。

部屋に、ハルと赤ん坊の姿はない。

「どこに逃がした！」

誰かが叫ぶ。みのりは驚いた顔で、佳人を見た。行方は知らない。恵利子を見る。彼女は廊下にへたり込んだまま口を半開きにして放心している。

「捜して来い！」とまだ誰かが叫んだ。

「駄目だ！　もう陽が落ちる」

廊下に差す陽を見て、吉田が言った。空は東から暗くなりつつある。さっきまでの騒々しさが嘘のように、全員が口を閉ざした。絶対的な存在感を持って、夜がやって来る。

「江島さん。どうする――」と言った吉田が、喉に詰まったような音を発した。

廊下の端で、江島が身を捩った状態で倒れている。くの字になったまま動かない体は、血溜まりに沈んでいる。吉田が駆け寄り、江島の身を仰向けにして顔を叩いた。

「江島さん！　江島さん！」

吉田が名を呼ぶたび、却って沈黙が重くなる。気が遠くなるような静寂の後、やがて江島が小さく呻いた。吉田が喜びの声をあげるのを無視して、江島は横たわったまま佳人を睨みつける。

「捕まえろ……最後の、双子を……逃がすな！　産ませろ！　増やせ！　白一族を、絶やすな！」

島民の一人がおもむろに佳人の腕を捻りあげ、佳人の口から悲鳴があがった。

「やめなさい！」

恵利子が止めるのも聞かずに島民達は佳人を羽交い締めにし、廊下の床に叩き伏せた。喉元に牛刀包丁を押し当てられる。血が滴る刃先。口に布を当てられた。喇叭草の強烈な匂いが佳人の鼻を抜けた途端に、脳髄を直接刺激されるような痛みに襲われ、頭の中で大輪の花火が何発も打ちあがり、目の前が崩れゆく万華鏡のようにざらざらと煌めいた。

息を吸うと、とん、と背中を押されたように、体は床に沈み込み、もう一歩も、それどころか頭も上がらなかった。

「やめて！　佳人を連れて行かないで！」

みのりの悲痛な叫び声が遠くに聞こえ、そこで意識は途切れた。

第五章　望郷

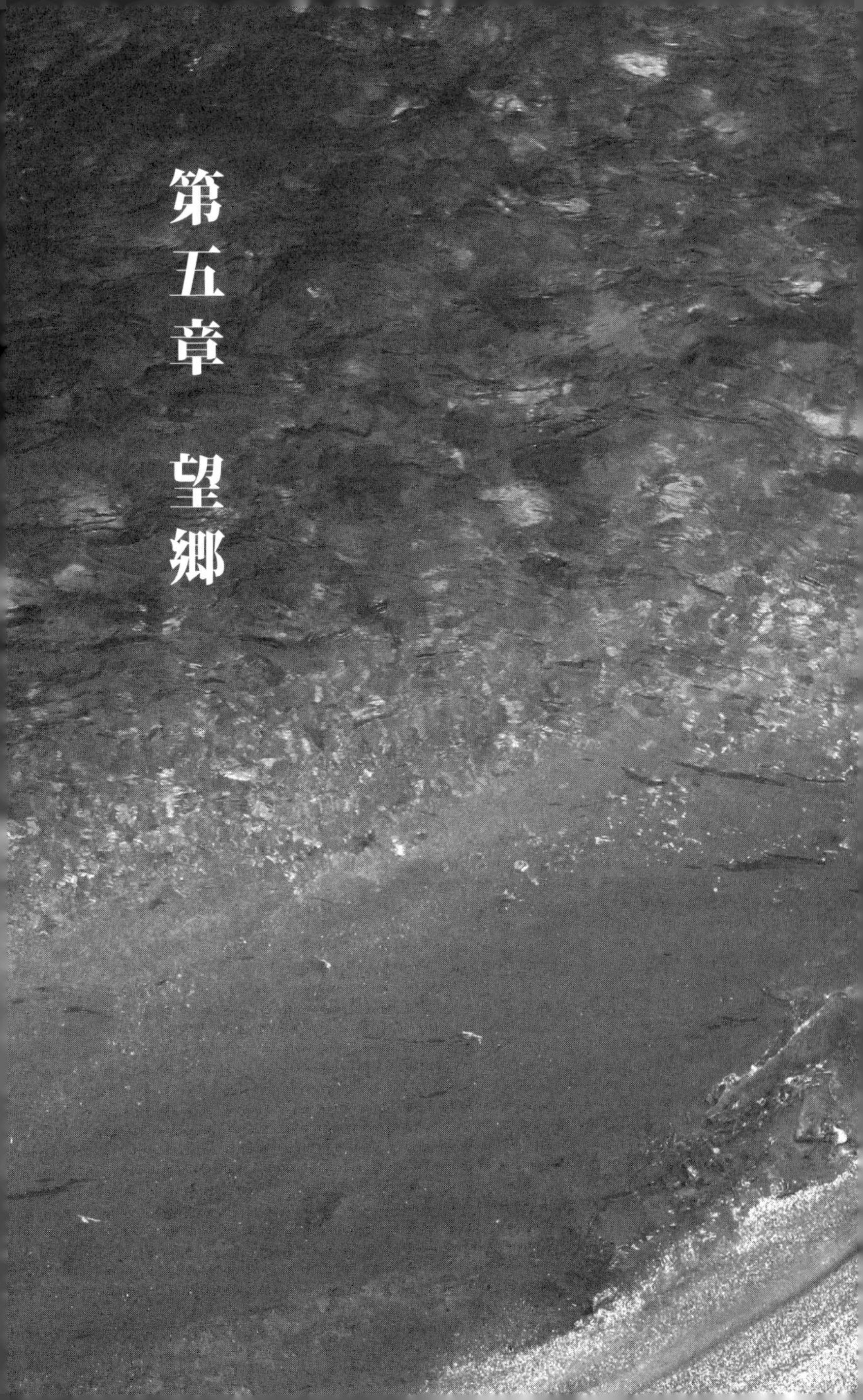

目覚めると、錐《きり》で刺すような頭痛と猛烈な吐き気に教われた。頭の芯がズキズキと滲みる。火照った体を隙間風が撫ぜるのを感じた。ここはどこかと頭を持ちあげた瞬間、目の前できらきらと無数の星が流れ、次いで爆竹の騒音が鳴りまくった。

ひどい濃度の喇叭草を吸わされたようだ。まるで眼球に泥水でも流し込まれたみたいに視界すら澱んで見える。

霞の向こうには、男が立っていた。吉田か。江島か。酉男か。

怒りに目を細めて睨みつける。

——親父。

「幻覚だ」と呻く。喉を震わすたびにヒリヒリと痺れた。

懐かしい父の姿がそこあった。褪せたシャツに、擦り切れたズボン。焦点の定まらないとろんとした三白眼、すっと通った鼻筋、皺の寄った首元。

佳人の真横に胡坐《あぐら》をかいて見下ろしてくる父の顔は浅黒く、額には皺が寄り、怒っているような仏頂面を浮かべていた。記憶に残る、一番新しい父の姿。

「佳人お」と父の声がした。

「お前の名前はなあ、俺が名付けたんだ。いい名前だろお！」

返事をしようとしたが、唇が微かに震えるだけで言葉にならなかった。

「人生ってのはなあ、生きるのも生きねえのも自分で決めなきゃなんねえ。失敗も成功もねえ。ただ決めるだけだ。今はわかんねえだろうが、お前も、いつか自分で選ぶんだなあ」

横たわったままの佳人の目から、勝手に涙が流れた。熱い涙が鼻筋を通り頬の下に溜まる。忘れもしない。父の死の間際の言葉。これは、父の死の再現だ。俺はまた、父が死ぬところを見なければならないのか。

「俺は、先に行ってるぞ。佳人お！」

父が大きく口を開いて笑い、腹部に牛刀包丁を突き刺した。音は、吐瀉物が床に落ちる音で掻き消された。ぎゅぎゅっと刃を横に引き、太った肉を割き、赤い血が内側から零れるように漏れ出る。硬質な沼が八つ裂きにされるような奇怪な現実に聴覚を捨てたくなる。

見たくない。佳人は瞼を閉じたが、瞼の内側に父の姿が浮かぶのだった。血を吐き、口の端に泡を立てながら、父は笑っている。


「佳人お」

「ヨシさあん」

「佳人おおおお」

「ヨシさあああん」

「佳人！」

「もうやめてくれ。誰も、俺を呼ぶな。放っといてくれ！」


……また気を失っていたようだった。頭痛はいくらか軽くなっている。離れの天井だ。佳人は和室の布団に寝かされていた。

――あれからどれほどの時間が経ったのだろう。みのりは。

痛むこめかみを押さえながら、和室を出て、離れの廊下をぺたぺたと歩いた。窓の外には夜の帳《とばり》がおりている。

唐突に、江島の顔が蘇った。

——俺が刺した？

これまで数えきれないほどの暴力を振るい、振るわれてきたが、刺してしまったことはない。江島は、無事だろうか。無事でいてほしい。一瞬だけ自分に向けられた、吉田の憎悪に満ちた表情を思い出し、暗い気分になった。

「刺すつもりなんてなかったんだ」

罪悪感を打ち消すべく独り言を呟いた途端、脳内に稲妻が落ち、たまらず床に這いつくばった。数度嗚咽した後、壁に体を預け肩を擦りつけながら玄関へ向かう。戸を引いたが動かなかった。ガタガタと揺らしてみても駄目だ。外から鍵が掛けられている。たしかに内鍵がないことに気づいていてはいたが。

時折、内部から殺されるような痛みを抱えながら、離れ中の窓を確かめた。どこもかしこも玄関の戸と同じく外から鍵が掛けられている。

……この離れは幽閉するために作られた。佳人ははじめから檻の中に入れられていたのだ。

まるで悪い夢を見ているようだ。

土着信仰。民間伝承。なんと都合のいい言葉だろう。

——正直、一度は揺らいだんだ。

これまでの常識をかなぐり捨てて、この島の信仰に身を投じてもいいのではないかと。恵利子の指摘は図星だった。自分はきっと、居場所を欲している。ずっと孤独だった。胸の中央に空いた風穴が都会のビル風に吹かれてビュービューと鳴って、うるさくて、恥ずかしくて、その音を隠すために平気に振る舞って生きてきた。自嘲してへらへらと笑って。自虐に逃げて。虚勢を張って。そうだ。東京で自分を待つ人間などいない。小車は少しは悲しんでくれるかもしれないが、都会の忙しなさの前じゃ自分など取るに足らない存在だ。

みのりへの想いは、微塵も変化していなかった。彼女が好きだ。いくら血の上で姉弟だとしても、二十五年間一度も会わずに育ってきたのだから、感覚的には他人だ。倫理的な判断を下そうとする自分もいないわけではないが、その思考を放棄して、島の一員として溶け込んでしまえば、きっと平穏に暮らせるに違いない。この故郷で。

だがそんな願いはまぼろしだ。

俺は、やっぱり駄目なんだ。どこへ行ったって同じだ。うまくやれない。結局、そうなのだ。江島も刺してしまった。刺すつもりなんかなかったんだ。でも、もう、これまでのようにはいかないだろう。周囲の見る目は変わる。どうして。糞……。

それに、あの吉田ら島民の態度。白一族を祀りあげて神聖化している反面、やけに傲慢で見下していた。忌避しているのとも違って思える。

信仰が根付いているがゆえに、彼らもまた仕来たりに囚われているのだとしても、ああまで白一族に固執するのは。……本当に、ただの信仰心だけなのだろうか。

人間があのような強硬手段に出るときは、背景にかならず利害関係があると思う。体面が悪かろうと関係が悪化しようと、まったく構わないような、明確な利益が。

自分が島に戻り、白家の当主となり、みのりと契り、子どもを作ることが、彼らにとって都合がいいとしたら。それは、一体なんだ？

がら、と音が鳴った。玄関の戸が開く音だ。

体の動く限り最速で居間を飛び出したつもりだったが、戸はすでに閉まった後だった。擦りガラスに透けた人影は酉男のものだった。玄関先にはぽつんと食事が置かれている。佳人はその場に座り込み、項垂れた。

自分は、島民にとってははじめから「祥《ヨシ》さん」だった。祥の字は、「吉祥」と言うようにおめでたいことや幸福、吉兆の前触れなど縁起のいい漢字として知られているが、もとは羊を祭壇に捧げ、神に祈る様を表して成り立った漢字である。縁起がいいどころか、生贄を表す字として使われてきたのだ。

佳人は生贄でしかないし、みのりは次の子を産むための母体でしかない。セイもハルも同じことだ。

食事を前にしても、すぐに食欲は湧かなかった。時間もわからない。腕時計は、今朝白無垢に着替えた際に外し、そのまま母屋に置いてきてしまった。胸中をそのまま映したような、暗澹とした闇夜。

恐らく今夜は、みのりがお役目に就いているのだろう。

……ハルは。彼女の、産まれたばかりの赤ん坊は無事だろうか。

姉妹の身を案じつつも、夜が更けるにつれ浅ましい体は空腹を感じ、佳人は食事に箸を伸ばした。器に盛られた筑前煮。冷えた鶏肉を咀嚼すると出汁の染みた味が口いっぱいに広がり、空っぽの胃が動き出した。

——おいしい。恵利子の味だ。

こんなことになっても、まだ、家族を求めてしまう自分が嫌になる。

母は、どんな風に亡くなったのだろう。父と自分がいなくなり、みのりと島に残され、ハルとセイが生まれた。どんな生活だったのか。みのりは母と、今の恵利子とやるように、並んで台所に立って料理を作ったりしたのか。

お役目に怯えるみのりの表情が思い出される。島から出られず、信仰にがんじがらめにされ、それでも家族に囲まれて、穏やかに暮らして——俺と彼女と、果たしてどちらの孤独が不幸だろう。

佳人は嘲笑った。なんの実にもならない比較だ。

――宿命ですわね。

恵利子の言葉が蘇る。あのまま小説も書かずに、ただその日暮らしで東京で生きていれば、故郷の存在も知ることなく、己の生い立ちに翻弄されることも、みのりに会うこともなく終わっていた。

「親父。俺は、どうすればいい？」

空虚な、か細い呟き。もちろん声が返って来るはずもない。
佳人は居間の床に胡坐をかき、深く深呼吸をした。……状況は最悪だが、整理しなければ。河彦を殺したのは誰だ？　なぜ母親の死体を木乃伊にする必要があった？　この島で異人殺し信仰が根強いのは、果たして朝鮮朝顔だけが原因なのだろうか？　呪いの正体が朝鮮朝顔であったように、すべてに理由がつくんじゃないか？
恵利子の言葉が反芻する。

――そんなことで否定できる程度のものなら、これだけの人数が島に、家に、仕える理由になりませんわ。

その考えこそが本質を見誤った原因じゃないか。人間の思い込みなど、案外、些細なことでコントロールできてしまう。洗脳と同じだ。

吉田が「先代のみいさんの木乃伊」と口にしたのを、はっきりと耳にした。もし、地下室の木乃伊がそうなのだとすれば、あれは母親の遺体ということになる。

点と点がつながらない。異人伝説のどこにも木乃伊の存在など出てこない。ここにきて白一族の霊？　鎮魂？　まるで呪いの数珠つなぎだ。あまりにも、滑稽すぎる。

落ち着いて考えろ。惑わされるな。

この世に呪いなど存在しない。もちろん異人さんの亡霊も。亡霊が存在しないのなら、白一族の霊も存在しないのだから、霊を鎮めるために木乃伊にする必要性がない。木乃伊にする理由は他にあるはずだ。信仰を疑え。建前を崩せ。

考えてみろ。白一族の霊を鎮めるために木乃伊にするという思想そのものに、違和感を覚えないか？　忌むべき存在の死体をそのままの状態で保管しなければならないというのは、単純に考えて気持ちが良くない。日本人の感覚としては、火葬なり土葬なりしてしまって、遺骨を丁寧に祀るほうがよっぽど腑に落ちる。

佳人の思いつく限り、日本に木乃伊の文化はない。近しいもので言えば即身仏だろうが、これは自らの意志で即身仏にならんとするもので、陽炎島のものとは性質が違い過ぎる。

例えば、木乃伊が盛んに作られた古代エジプトにおいては、彼らの死生観が色濃く反映されていた。

古代エジプトでは死後の生命が信じられていたと本で読んだ。人間の霊魂は、三つの要素から構成されると考えられていたと。

一つ目は「カー」。

これは、死後人間の肉体から離れ霊界を自由に行き来できる力を持つ。カーの力は死んだ肉体に依存するとされ、墓に捧げられた供物を得るべく肉体に戻ることによってのみ力を維持できると信じられた。いわば生命エネルギーのようなものだ。

二つ目は「バー」。

こちらは肉体を離れたあと、生前に所縁のある場所を訪れることができるという。現代人の思想に照らせば、霊魂に近い存在。

三つ目が「アク」。

神と人間との間を仲介する超自然力を持つ霊魂だ。肉体は地上に属する一方で、アクは天に属するとされ、天の神々に祝福された魂となる。

古代エジプト人の信仰では、カーとバーが戻る場所として、死んだ肉体を維持する必要があった。死後も生き続けるために木乃伊として保存するという明確な目的。この思想に基づけば、木乃伊にして遺体を保存することは、すなわち魂を生かし続け、来世の復活を祈ることだ。

だが、白はどうだ。王でもなんでもない。家畜だ。

家畜に来世があるだろうか？

白一族を家畜同然に扱っておきながら、防腐処理に手間をかけ、わざわざ遺体を丁寧に保存する理由はなんだろう。副葬品としてなら合点がいくが、それなら他の島民も木乃伊にならなければ辻褄が合わない。この島独自の理論があるのかもしれないが、それならば異人殺し伝説のように記録されていていいはずだが……。

木乃伊——。

佳人は頭を掻き毟った。自分の頭の中にある知識だけで考えようとしても駄目だ。目で確認し、手掛かりを探そう。

佳人は北側の物置へ戻り、押入れの扉を開けた。……あの木乃伊を。母かもしれない木乃伊を確認するためだ。

暗い地下から、独特な匂いが鼻をつく。足を差し入れ、ゆっくりと階段を下りていく。先日来たときと、空気の感じが違う。積もった埃の上に、佳人のものではない足跡が残っている。部屋の中央の台に、なにかが乗っている。前回来たときはなかった。懐中電灯を握りしめる手が汗でぬめる。明かりを徐々に上へ向ける。

白い肌。脚だ。裸体。女の裸体だ。

右の腹部の傷跡には乾いた血がこびりついている。

顔を照らした瞬間、佳人は悲鳴をあげた。顔に大きな穴が二つ、ぽっかりと、目玉がくり抜かれている。小さな鼻の両の穴には、多量の血が噴き出した痕。胃液が込み上げ、佳人は片手で口を押さえた。涙が止まらない。

無残な有り様の顔の、輪郭や、顎のライン、唇には見覚えがあった。肩上で切り揃えられた髪。


「ハル？」


彼女が横たわる台の下に、籠が置いてある。さっき生まれたばかりの赤ん坊が、青い亡骸になって、眠っている。

口を押さえ、嗚咽しながら階段を這いあがる。

――なぜ。いつ死んだ。なぜ。どうして。いつ地下室に運び込まれた。俺はどのくらい意識を失っていたんだ。

硬い床に、額をぶつけ、悲しみにのたうち回った。なぜ。なぜハルが。「ヨシ兄さん」、と笑う彼女の記憶は、上書きされて、地下室の遺体へと変わり果てた。

ひとしきり泣いて、呆然と頭上を見つめる。天井の模様が佳人を嗤っている。

——この島は、狂ってる。

島を出よう。みのりを連れて、脱出するのだ。たとえ俺が罪に問われようと——みのりだけでも、普通の生活を。


佳人は居間の窓を揺らした。こちらも固く、容易に外れてはくれなさそうだ。手段を切り替えることにする。佳人は上着のポケットからライターを探した。外側の隙間にボールペンの先を差し入れ、じりじりと浮かすとカバーが外れた。内側の部品が露わになる。火力の調整軸をカチカチと回してからカバーを嵌め直した。

ライターの噴出口を窓ガラスへ向け、着火した。最大に調整された炎が勢いよくあがる。炎をガラス戸にしばらく当てた後で、水を吹きかけると、小さな音がし、ガラスに罅が入った。こうすることで極力音を抑えてガラスを割ることができるのだ。空き巣に使われる手口だそうで、昔、知人が声高に自慢をしていて知った。それがこんな時に役立つとは。

　なんとか外に出たはいいものの、そこからどうすべきか逡巡する。監視の目があるだろう。出歩くところを島民に見られたら捕まってしまう。佳人は庭の塀を乗り越えて夜の裏山に入った。慎重に山を突っ切る。もはや幻覚など恐れていられない。そう強がりつつも、足の震えは完全には制御できなかった。

　覚束ない足取りで、裏の海に辿り着いた。脱出に使えそうな船は一艘もない。ボートすらも見当たらない。諦めて、佳人は港へと急いだ。周囲に島民がいないことを確認し、公衆電話のボタンを押す。急ぐあまり、何度も番号を押し間違えた。やっと正しく押した後、長い呼び出し音にやきもきする。

「もしもし。小車さん？」

「津雲か！」

　寝ていたのか痰の絡んだ声で、小車は咳払いをしてから「まだ帰ってこないのか？　もう一月も六日だぞ」と続けた。

　六日だって。佳人が意識を失ったのは元旦の夕方だ。眠らされていたのは一晩程度だろうと思っていたが、大きな間違いだった。喇叭草による記憶障害ということも有り得る。喇叭草を吸わされ、意識が朦朧としたまま何日も経過していたのかもしれない。

「あの、先日お送りした手紙は読まれましたか」

「手紙ぃ？」と小車はまた語尾をあげた。

「ああ、電話で言ってたやつな。まだ届いてねえぞ」

佳人は、足下がぐらつくのを感じた。届いてない？　遅すぎる。まさか。このポストはただの飾りか？　……それとも、抜かれた？　中身を確認されたか？

「津雲。お前、なにか厄介事に巻き込まれてんじゃねえだろうな」

「小車さん。俺、もうそっちには帰れないかもしれません」

「はあ!?　なに言ってんだ。仕事は。映画は。次回作は」

「お願いがあるんです。俺が万が一戻らなかったときは、陽炎島にいます。死んでたらすみません。俺、姉がいるんです。今まで知らなかったんですけど、いたんです。みのりといいます。彼女だけでも助けてもらえませんか。警察に連絡して、それでどうにか。お願いします」

電話口に、沈黙が流れた。

「お前、それ、本当だよな」

疑うような、どこか悲しいような、複雑な声色だった。

「嘘ついて、どっかに逃げようとしてるんじゃないよな？」

「違いますよ。どうしてそんなこと言うんですか」

ふたたび、躊躇いの沈黙が訪れた。佳人は落ち着かず周囲を見回す。今は長電話をしている余裕はないというのに。

「……津雲。悪いが、お前のアパートに入ったんだよ。本当に悪い。予定を過ぎても帰って来ねえし連絡もつかないしで、ちょっと胸騒ぎがしたもんで……。管理人に頼んで、開けてもらった」

と小車が小さい声で言った。

「別にいいですけど、なにを言いたいんですか?」

「──津雲。ありゃ、誰の戸籍謄本だ」

小車の鋭い声に、佳人は口を噤《つぐ》んだ。

「お前、印税で他人の戸籍を買ったんじゃねえだろうな。それで──」

佳人は受話器のフックを下げた。受話器がちん、と鳴った。

心臓がばくばくと鳴っている。

──バレた。

ふらつく足で、電話ボックスを出る。鼓動が速い。まさか、ここで、小車にバレるとは思わなかった。予想外の方向から飛んできたパンチに、佳人はただ脱力した。

佳人には、戸籍がない。恐らく父もそうだった。無戸籍の壁に気づいたときには父はとっくにおらず、理由を察したのは、恵利子に家系図を見せられたときだ。

……白一族の双子は皆、届けられていない戸籍のない子ども達なのだろう。

印税を得てまず考えたのが他人の戸籍の購入だった。戸籍売買の話は巷で耳にしたことがあり、印税をすべてつぎ込めば十分に足りる額だった。本当は、映画の段取りがある程度ついたところで東京を出るつもりだったのだ。誰も知らない街で、一からやり直したかった。欲を言えば、結婚もしたいし、子どももほしい。他人が当たり前に持っている普通がほしい。もちろん戸籍の有無がすべての問題じゃないことは理解している。無戸籍だろうが関係なく幸福そうにしている人間だって知っている。でも俺には届かない。羨ましい。自信がない。自分を肯定できない。そのために。戸籍さえあればという思いを断ち切るために。売買に手を染めた。

恵利子が手紙を寄越したのは、そんな矢先のことだった。

――小車に知られてしまった。

早鐘のように脈打つ心臓を宥めるように、佳人は胸元を掴んだ。まさか警察に届け出るなんてことは……。そうでなくても、厄介なことになった。島を出ると決意したばかりなのに。一度東京へ戻って、部屋を引き払い、みのりと一緒に別の街へ引っ越せばいいと――そう考えていたが。

――もう無理かもな。

港に係留されている船が、波に微かに揺れている。朝焼けが、空を菫色や桃色や橙色の幻想的なグラデーションに染めていく。港のコンクリートにへたり込み、もう、一歩も動く気が起きなかった。

「ヨシさんが逃げてるぞ！」と叫び声がした。それを合図に一斉に島民が坂を駆けおりて来る。次々と港に集まり、佳人を囲むのを、他人事のように眺める。

「どうやって逃げ出した！　こいつ――」

島民が佳人に馬乗りになる。その目には眼帯が巻かれていた。佳人が目潰しを食らわせた相手だ。

「やめろ！」

振り被った拳を、吉田が掴んで止めた。

「江島さんを刺したんだぞ！」

「駄目だ。ヨシさんは、最後の双子だ」

吉田の言葉に、島民は舌打ちをして、拳をおろした。島民に両腕を掴まれて担がれるのに抵抗もせず、佳人はされるがままになった。

「江島さんは、生きていますか」

「ああ」と一言、吉田は佳人の顔も見ずに頷いた。良かった……。

引き摺られた先に、鳥居が見えた。神社の鳥居の前で恵利子と酉男が待ち構えている。二人とも憔悴しきって、とくに恵利子の顔はひどかった。目の下に色濃い隈があり、数日会わないうちに十も二十も老けたように見える。酉男の目の周りにも痛々しい痣があった。

境内にも多くの島民達が集まっていた。境内の中央には竹と藁で組まれた巨大な人形が立っている。今夜はホーゲンキョウか。


「本日をもって、あなたを正式に白家の当主と認めます」


恵利子の声は掠れていた。

背後で、島民達がわあっと歓声をあげた。

「ヨシさん！　おめでとう！」

恵利子の脇に立つ島民が、提灯を高く掲げた。書かれているのは父の名——否、それは自分の名だ。

「あなたが島に戻られた日、島民からはあなたを当主にという声があがっていました。正直、戻ったばかりのあなたに務まるのか迷いがありましたが、こうなっては仕方がありません。あなたとみいさんが最後の双子なのですから。島の全員があなたを歓迎しておりますわ」

腕を固められたまま、前傾姿勢で恵利子を睨みつける。佳人を見下ろす恵利子の目は、冷たさもなく、無感情だった。

「ハルも木乃伊にしてしまうんですね」

「お黙りなさい」と恵利子はぴしゃりと言った。

島民が佳人の両脇から腕を締めあげ、そのまま恵利子の前に押し出した。恵利子の冷えた手が佳人の両頬を掴む。

「……おかえりなさい、ヨシさん」

◆

ホーゲンキョウの夜がくる。

みのりは白無垢姿で、本殿の格子部屋の中に横たわっている。さながら虫籠に入れられた蝶のようだ。佳人も同じく白無垢を着せられ、荒々しく部屋へ放り込まれた。格子戸が閉まる前に、佳人は振り向き、自分を拘束していた島民の顔に唾を吐きかけた。

「大人しくしてると思うなよ」

唾を鼻筋に垂らしながら、相手は唖然として口を半開きにしている。もう一人が慌てて戸を閉め、鍵を掛けた。歴代の白家の人間はさぞ従順だったのかもしれないが、思い通りに人形になってやるつもりなど毛頭ない。

「みのり」と呼び掛けると、顔をあげた。

「無事だったんだな」

「……それは、こっちの台詞よ。あなた何日意識を失っていたと思うの」

「そりゃ申し訳ない。お陰さまで、ここ最近の睡眠不足は解消されたよ」

肩を竦めると、みのりがふっと口角をあげた。

「あなたが眠っている間、心細かったわ。不思議よね。私達、まだ会ったばかりなのに、数日離れるだけで寂しいだなんておかしいわ」

笑っているのに、泣いているように見える。胸が抉られるほどに苦しい。自分にとってみのりの存在が大きくなっていたように、彼女にとってもそうだったらいいと願っていた。

「……ハルが死んだの」

「ああ、見たよ」

無表情のまま、みのりは片目だけつうと涙を流した。

「罰が当たったのね。恵利子さんからすべてを聞いたんでしょう？　私、あなたを騙していたのよ」

「そうみたいだな。参ったよ。好きになってから、実は姉でしたってのは、さすがにひどいんじゃないか」

苦笑すると、みのりは「そうよね」と肩を落とした。

「姉さんとは呼ばないぞ、俺は」

「呼んでもらわなくて結構よ」

みのりの小さな背中を、ぽんと叩いた。痩せて骨の出た背中。

「あなたは島を出るべきだわ」

佳人はみのりの顔を見た。

「私達が一緒にいなければ白家は絶える。それで、おしまい」

みのりの覚悟。諦めにも似た、選択だ。

「明日からは屋敷に軟禁されるわよ。子どもができるまで出してもらえない。逃げるなら今夜しかないわ」

「船もないのに脱出する手段がないよ。それに東京に戻ったところで、俺……」と佳人は目を伏せた。

神社には続々と島民が集まっていた。蔵に仕舞われていた屏風が境内に並んで立ててあるのをまじまじと鑑賞する者もいる。

陽が傾きはじめた頃、恵利子が本殿の四隅に香を焚きはじめた。甘い香りが部屋に充満する。尋ねなくてもわかる――喇叭草の香だ。咽かえりそうな煙の量。たちまち佳人の頭は朦朧とした。呼吸を浅くしてみたところで抵抗になるとは思えない。

本殿に座っていると、拝殿を通じて境内の様子が四角く切り取られて見える。人形にも火が点けられた。煙が不定形に風になびく。

格子の戸が開き、恵利子が皮面を二つ差しだす。被れということか。佳人が皮面を睨みつけたまま受け取らずにいると、恵利子は皮面を投げ入れ、無言で戸を閉めた。

あまりに色んなことが一度に起こりすぎて、普段の自分を失っている。いつもの調子なら、お人形のように大人しく座ってなんかいずに、今すぐにでも境内に飛び出して、灯籠も焚き火も屏風も人形をも蹴り倒して、島民一人残らずボコボコにしてやりたい。返り討ちにあって犬死にするならそれでいい。死んだ後に木乃伊になろうが知ったこっちゃない。俺の魂はこの世になんか留まらない。

だが、今は隣にみのりがいる。自分がいなくなったあと、彼女が一人で背負うものの重さを考えれば、自殺めいた行為なんかできっこなかった。なにより——見られたくないようにも思う。そういう、自暴自棄な自分の姿を。江島を刺したときのように。

誰かが拝殿まで近寄って来た。皮面を被っており、誰だか判別がつかない。相手は佳人を見て手を振った。皮面をずらすと、下から吉田の満面の笑みが現れた。

「これからもよろしくな。ヨシさん！」

その背後で、江島が不敵に笑う。

声にならない、くぐもった音が出た。怒ればいいのか、笑えばいいのか。もう、自分の感情がわからない。

——完敗だ。とんでもねえ島だよ。

水平線に陽が落ちた。境内からはパチパチと炎が弾ける音が、笑い声と重なって聞こえる。寒空の下で酒盛りをはじめているらしい。島民全員が皮面をつけていて、まるで屏風に描かれた酒宴の再現だ。今夜は島民全員が異人さんのお役目だということか。ホーゲンキョウだ、神事だなんか言ったたって、ただの酒盛りじゃないか。馬鹿馬鹿しい。

佳人の目の前で、たちまち極彩色の花が咲き乱れるのが見えた。最悪だ。幻覚が見えはじめている。ふざけんな。

佳人はみのりのまとめ髪から簪を引き抜き、それを腕に突き立てた。鋭い痛みが、電流のように全身を駆け巡る。そのおかげで、少し思考の靄が晴れた気がした。焼け石に水かもしれないが、まだ喇叭草の効力に呑まれるわけにはいかない。

映画化が決まった小説家が行方不明となれば、少しくらいはニュースになってもおかしくない。佳人が陽炎島にいること、みのりのことは、小車に伝えてある。それを手掛かりに警察が捜索してくれるかもしれない。しかし――俺がこの島に上陸したことを誰が証言してくれる？　島民全員が口裏を合わせて、そんな人間など来ていないと隠し通そうとしたなら？　たかだか成人男性の失踪者一人、事件性が薄いと見なされれば警察が血眼になって捜索してくれるはずもない。無戸籍の人間が一人、東京の街から消えたところで、誰が気付くだろうか。

自分自身でどうにかするしかない。

——そうやって、今さら足掻いてどうするんだ?

父は、自分の意志でこの島を出た。幸福とは言い難い暮らしだったが、彼は選んだ。

セイもそうだろう。彼も自ら選択し、島外へ逃げた。

——俺も、選ぶ。選ばなければならない。ただ流され、自暴自棄に、死に場所を捜すような生き方はやめだ。俺は、この島を出る。その先の未来は、自分で掴む。みのりとともに。


境内に朗々とした歌声が響き渡る。てんでバラバラな手拍子と、囃し声。酒が深まっているのだろう。このどんちゃん騒ぎのうちなら逃げ出しても気づかれないように思えたが、格子の鍵は固く、とても開きそうにない。喇叭草の甘い香りと境内の藁の焼ける焦げ臭さが混じる。

「なんだか様子がおかしくない?」

みのりが前のめりに、格子に指を掛けて目を凝らした。

「火が……」

「人形が燃えてるんだろ」

燃え盛った人形は、異人さんの姿形によく似ていて、ここから見ているだけでも不気味だ。

「それにしては炎が大きいわ。……あっ」とみのりが指を差した。

神社を囲む雑木林から火の手があがっている。その火が境内を取り囲むように燃え広がり、今、拝殿にもその火が移った。

垂れ下がった鈴緒が下から燃え、一瞬のうちに頭上まで到達する。千切れた鈴緒がはらりと地面に落ちる。吊られていた鈴も落下し、からんと鳴ったが、音は境内の喧騒に吸い込まれた。

「火事だ!」

腹から叫んだ。

境内まで声が届いたかはわからない。

笑い声は、歌声は、まったく途絶えない。気づいているのか、いないのか。

佳人とみのりは顔を見合わせた。このままではほどなくして本殿も燃え落ちる。

格子部屋のすぐ傍まで炎が広がり、熱さに怯んだ。白無垢の下にじっとりと汗が滲む。打掛を脱ぎ、火の粉がぱちぱちと降るのを頭から被って遮った。何度も、境内に向かって絶叫する。返事はない。誰一人として二人を助けに来る様子はない。格子に火が移り、炎が格子の文様を描いて輝く。

「誰かあ!」

みのりが泣き叫んだ。

そのとき、格子部屋の戸が開かれた。大きな人影。

「西男さん」

ぐいと腕を引っ張られ部屋から出た瞬間、格子部屋が焼け落ちた。間一髪だ。酉男が本殿の窓からみのりを放り投げる。続いて佳人の体を抱きあげた。酉男へ言葉を掛ける暇もなく、佳人は外へ投げ出された。

固い地面。背中に衝撃を受けて、佳人は呻いた。腹まで気持ちが悪い。随分と手荒だが、助かった——と酉男に礼を言おうと、開いた目に、焼け落ちる本殿が映った。

炎が本殿を包み込み、その中でがらがらと崩れ落ちる。人影など見えない。

「酉男さん！」

慄くみのりの腕を掴んだ。

「逃げるぞ」

拝殿も本殿も焼け落ち、四方に火の手があがっているというのに、未だ島民達は燃える人形を囲んで酒を呑み交わしていた。「綺麗だなあ！」「炎が見えるぞお」「これは見事だ！」と感嘆の声が聞こえる。喇叭草の幻覚と見間違えているのだ。

みのりの手を引き、境内を突っ切る。皮面を被っていては誰が誰だかわからない。自分らに気づく者もいない。この宴に異人さんの幻覚が見えたところで、すっかり島民に紛れてしまうだろう。

いよいよ鳥居が近づく——その前に、立ちはだかったのは恵利子だった。

「どこへ行くのかしら？」

皮面を外し、現れた微笑みには親しみのひとかけらもない。逃げた羊を追う犬の目だ。ギラギラと鋭く、冷静に、二人の行き先に回り込む。

「恵利子さん。どいてくれ」

「駄目じゃない、みいさん。あなたがヨシさんと契らなきゃ」

「恵利子さん。もうやめましょう、こんな」

「みいさん。どうして？　昔からよく言うことを聞くいい子だったのに。やっぱり血は争えないのかしら……」

恵利子が嗤いながら近づいてくる。手には鋭利な牛刀包丁が光る。

「大丈夫。殺しはしないから。あなた達は、大事な大事な――」

言葉は途切れた。

「恵利子さん」と呼ぼうとして、あとが続かなかった。

ぎゃあっと悲鳴があがる。炎に巻かれた巨大な人形の顔に巻き込まれ、恵利子は潰された。ホーゲンキョウの火が。人形が。横倒しになって境内の恵利子や数人の島民を巻き込んで燃え盛っていた。人形と地面の間に、下敷きになった恵利子の腕が挟まっている。見慣れた腕が、皮膚が爛《ただ》れていく。指がぴくりぴくりと動いて焦げていく。

みのりは千切れんばかりに首を振った。惨状を否定したいと。彼女の悲痛が振り乱される。

炎はさらに延焼していく。炎に捲かれた腕が、お猪口を突き上げる。その酒すらも燃えているのに。

「……喇叭草の作用で、感覚が鈍っているんだわ」

涙声で、みのりは呟いた。全身に火傷を負いながら、酒を飲む島民の姿はおぞましい。火だるまになった島民が嗤いながら駆けていく。

地獄絵図だ。

背中に炎を背負った吉田が、ワハハと陽気に笑っている。その脇を、悲鳴をあげて逃げ惑った島民が通り過ぎ、そのまま蝋燭台を倒し、炎が屏風に燃え移る。炎は神社を、山を、畑を、家を、人を、焼いていく。

佳人とみのりは手をつないで、鳥居をくぐり、港へ走った。賑やかなどんちゃん騒ぎの音が遠くなる。みんな、極楽のうちに死んでいくのだ。

港には係留された船が何艘も浮かんでいる。みのりを港に残し、一つ残らず物色した。鍵さえあれば。船を動かすことができれば、このまま島から脱出できる。祈りながら船から船へ飛び移る。しかし、どの船にも鍵はない。吉田の家に侵入するか。船の鍵を盗めば、彼の船を使って海に出られる。……燃え盛る家に突入して無事でいられればの話だが。

悪態をつきたいのを我慢しながら、港で待つみのりのもとへ戻った。みのりが、腕を真っ直ぐに向け、指を差した。

「山が――燃えてる」

裏山が真っ赤に燃えていた。山火事だったのか。乾燥した空気に、火の粉がちらちらと散る。

坂の上に見知った男の姿があった。揺らぐ蜃気楼のように、ラフなTシャツに、ジーンズ姿。流行りの大きな腕時計。佳人は自分の目を疑った。

――幻覚だ。そうとしか思えない。

「河彦？」

思わず名を呼ぶ。みのりが驚いて、佳人の顔を見た。

「お久しぶりです。津雲先生」

返事が耳に届いた。その声は。

「幻覚だ」

「いいえ」と河彦は言った。

両手を広げて坂を下りてくる彼の姿を凝視した。幻覚じゃないのか。ならば。

「……本物の、白セイだな」

佳人がそう言うと、河彦――否、セイはにっこりと笑った。

「さすが津雲先生。お見通しでしたか」

近寄って来る彼から、みのりを守るように背中に隠す。

「お前は、元河彦に白セイとして役目に就かせた。その一方でお前は島から逃げ、東京で元河彦を名乗り生活していた。セイが引きこもっていたのは、彼自身に問題があったからじゃない。顔を見せるわけにはいかなかったからだな」

みのりが息を呑む。

彼らの入れ替わりに気づいたのは、恵利子から母の写真を見せられたときだ。恵利子は、佳人が河彦だと思っていた人物を指差して「セイ」と呼んだ。つまり、元河彦だと名乗って近づいてきたロケコーディネーターこそ、セイだったのだ。

「どうしてそんなことをしたの」と尋ねるみのりの声は震えている。

「どうして？　姉さんは変なことを聞くね。ところで河彦はどうしてる？」

「死んだわ。つい先週に」

「へえ。もっと早くにバレると思ってた。河彦にしちゃ、よくやったね」

他人事の口調だ。

「そんな危険な入れ替わりを河彦がよく了承したわね。河彦になんの得もないじゃない！」

「あれは、ハルに惚れていたからね。ハルもそうさ。二人は密かに想い合っていたんだ。協力を得るのは簡単だったよ」

あれは、河彦との子。得意げにセイが笑うのを、みのりは苦虫を噛み潰したような顔をした。

汗だくの首には筋が浮き出て、拳は爆発しそうに震えている。怒りだ。

セイは涼しい表情で、佳人を見つめる。言葉を待つように。

「……河彦が殺される前の晩、俺の名が提灯に灯された。あれは当主として任命する儀式だったんだろう？　俺はそのことをハルに話したんだ。それが河彦に伝わったに違いない。当主が代われば表に出ることを求められ、入れ替わりがバレる可能性がある。事が露見することを恐れた河彦は、屋敷を逃げ出したところを見つかり、殺されたんだ」

「異人さんの裁きを受けたというわけですね」

「異人さんなんかいない！　誰か島民に殺されたんだ。呪いも、怨霊も——すべて、世に忌まれるタブーを包み隠すための方便だ！」

「へえ」とセイは頷いた。

「それがあなたの辿り着いた真実ですか、津雲先生。……随分と様子が変わりましたね」

セイが満足そうに微笑む。

「あなたを東京の繁華街で見かけたとき、僕は我が目を疑いました。写真でしか見たことのない父に瓜二つなその姿。すぐに尾行してあなたの身元を調べましたよ。そして確信した。あなたは、僕の実の兄だとね」

「なぜ俺を島に導いた。それに、なぜ戻って来たんだ。戻らなければ、誰にも知られぬまま河彦として生きていけたはずだ」

「陽炎島は潮時です。津雲先生ならおわかりでしょう。外ではめまぐるしく物事が変わっている。そのうち秘密を秘密のうちにできなくなる。暴かれる前に、誰かが幕を引かなければならない」

島の秘密。

異人の遺した財。喇叭草の存在。長らく続いた近親婚。そして……。

「あなたが山に火を点けたのね、セイ！」

みのりが叫んだ。喉が裂けそうに甲高い絶叫。

「どうして！　みんな死んだわ！　恵利子さんも酉男さんも。あなたにみんなを殺す権利なんてないわ！　命を奪うなんて！」

「姉さんは自分の立場をわかってない。僕達の命は、ずっと軽視されてきたのに」

はじめて、セイの声に感情が滲んだ。

「……木乃伊だな」

みのりが「え？」と佳人の顔を見上げる。ついに確証は得られなかったが、木乃伊に関する憶測があった。愛しい瞳を前にして、それを話すべきか躊躇いが生まれる。しかし。

佳人は、セイと対峙した。

「江戸時代、エジプトの木乃伊が日本に輸入されていたというのを聞いたことがある。目的は、薬用だ。当時、木乃伊は万能薬として信じられ、世界中で使用されていた。木乃伊を砕いて粉末にして飲むんだよ。もしかして、この島に異人達が上陸したとき、喇叭草とともに持ち込んだんじゃないか？　木乃伊を。そして、今も独自に作り続けているんじゃないか？　薬として使うために」

前に吉田から漢方を貰ったことを思い出したのだ。恵利子も吉田も、江島も。……ハルも、みのりも。それどころかセイも。誰もが年齢の割に若々しい。その理由が木乃伊から作られた薬の効能だったとしたら。

馬鹿馬鹿しい。木乃伊にそんな効能があるのかも知らない。自分が勝手にでっち上げた仮説である。だが、もし正しいのなら木乃伊に関する信仰がちぐはぐであることも納得がいく。

白一族の遺体を木乃伊にする必要があったのではなく、木乃伊を作るために犠牲が必要なのだとすれば――。

「……よくこの数日間で、そこまで辿り着きましたね。津雲先生」

セイが感心した風に拍手をする。

「そうです。白家は、遺体を木乃伊に使うために存続されている。島民が罪悪感を抱かないために、決して島民と血が混じらないよう近親婚を繰り返させ、出生の届出もせず、極力交流を絶ち、屋敷に幽閉する。彼らにとって僕らは動物と同じなんですよ」

「そんな」とみのりが声を漏らした。絶望の声に、胸が軋む。

「なぜ白家が選ばれたんだ？　異人殺しの罪が、事実とは思えない」

「ええ。あれは捻じ曲げられた伝承です。津雲先生。いくら罪人だからといって、死体を木乃伊に加工するなんて所業ができるでしょうか。古代エジプトのように確固たる死生観が共有されている風土ならともかく。先生なら隣人の死体を捌けますか？　隣人を木乃伊にして、それを砕いて口にするなんて、非人道的だと思わずにいられますか？　自分の倫理感が疼きませんか？」

「まさか」

佳人は、一つの仮説に思い至った。

家畜。

自分とは、異なる存在。

それは。

「白一族こそが、異人……？」

佳人は小さく声を漏らした。


「その通りです。この島の住民にとって、白一族ははじめから異なる生き物だった。金銀財宝と喇叭草、そして木乃伊をもたらした余所者だったわけです。これは僕の推測ですが、はじめに交わった双子は異人のきょうだいだったのかもしれませんね。そして僕らの先祖は……」

セイは言葉を切り、煙を吸い込んだ様子で何度か咳をした。

……やがて彼らは双子を生み、育てた。いつ島民に、おぞましい発想が宿ったのだろうか。彼らが死んで、あるいは島民の手で殺されたとき――島民は遺体を木乃伊にしたのだ。以後何代も、何代も。

異人殺しの汚名を着せられた白一族こそが、島に流れ着いた異人。異人殺しの一族は――島民全員だったというわけだ。

異人伝承が描かれた屛風や、皮面は、喇叭草の幻覚を統一するだけでなく、島民の連帯感を確認し合う意味合いもあったのだ。同調圧力。彼らこそが異人殺しなのであるから誰一人として裏切り者を出してはならない。数々のタブーを守り継承するには、島民同士の結束が不可欠である。そのために仰々しい神事を行い、こうして視覚的に己の罪を再認識させ、この島にがんじがらめにさせているのだ。なんて。なんて愚かな。


「東京であなたを見つけたとき、僕はどうしても、あなたを舞台に引きずり出したくなった。蚊帳《かや》の外で、自分はこの世で一番不幸だという顔をしているあなたを。心の奥底ではあなたが憎かったのかもしれない。でも、もう満足です。僕はね、家族の歴史が世に晒されるのも嫌なんですよ。これ以上の屈辱は受けたくない。ましてや晒し者になんかされなくはありません。……こんな島でも、僕の家族がいた故郷です。他人の退屈しのぎの肴にはさせない。島が時代に呑まれる前に、すべては炎のうちに。

――裏の海の岩場に、僕が乗ってきた船があります。東京に戻るか、ここに残るかは自分で決めたらいい。死に場所としては最適ですがね。先生」

セイはやわらかく微笑み、懐から取り出した何かを佳人の手に乗せた。船の鍵だった。それを受け取る瞬間、セイが耳打ちした。

「津雲先生の推理は、まだ一つだけ足りません」


そう言い残し、セイは燃え盛る屋敷へと走り去っていった。

「さようなら、兄さん。姉さん」

追いかけようとする佳人の手を、みのりが引っ張って止める。

島が。故郷が、燃える。

裏山に足を踏み入れると、たちまち視界がけぶった。みのりの手を強く握る。燃えた喇叭草の煙が、耳や鼻、すべての穴から体内に侵入してくるようだった。

「みのり。煙を吸うなよ！」

燃える山を、二人で抜ける。あちこちで花火が何発もあがり、雷鳴が轟き、極彩色の花が降る。吉田の笑い声が、出汁の匂いが、ハルが名を呼んで血飛沫を散らし炎のなかに消えてゆく。父さんが笑いながら宙を駆ける。空が回る。

出口がない。肺が焼ける。灼熱の温度に脳が沸騰しそうだ。眩暈がし、熱い土に膝をつきそうになるのを、みのりが助け起こしてくれた。

砂浜に出て、ようやくまともに呼吸ができた。セイの言った通り、一艘の小型船舶が岩場に係留されている。これは嘘ではなかった。船は何本ものロープで尖った岩に繋がれている。みのりを先に乗せ、佳人はロープを外すために砂浜に回った。相当念入りに巻きつけてある。駄目だ。一旦船に乗り、うろ覚えでエンジンを掛ける。低く唸り、船が振動した。動いた。
再度、船を降りてロープを外しにかかる。波が足を浚う。すべてが、陽炎の向こうに消えていく。燃え盛る炎が、頑なに閉ざしてきたすべてを、閉ざされたままに焼き尽くす。
あそこには俺の家族があった。かつて喉から手が出るほどに欲し、同時に、未知なる畏れを抱き、遠き甘い夢物語を描いた俺の家族。

「おーい」

近くで声が聞こえた。散々喇叭草の煙を吸ったのだから幻聴くらい聞こえる。最後のロープを外し、船にあがろうと足を持ちあげる。が、動かない。
黒い海面に、白い顔がぷかぷかと浮かんでいた。

「おーい。ヨシさあん」

大きな左目は液体のようにうねうねと形を変え、小さな右目が、顔の上をすーっと泳いで、口と一体化する。幻覚を振り払おうと力むが、足は沼に嵌まったように微動だにしない。巨大な口が縦に、伸びる。

「ヨシさあぁん。遊ぼおお」

声は、その口からではなく、暗い海の底から響き渡る。海面が小刻みに震え、波が立ち、船が不安定に傾く。みのりが船の縁にしがみつき、悲鳴をあげながら腕を伸ばすが、佳人の体はずるずると引っ張られ、距離が広がっていく。


異人さんの亡霊なんかいない。


——なるほど。それが、間違いだったか。

無自覚に、笑いが漏れるのがわかった。

「みのり。ハンドルを握れ。沖にさえ出れば、朝になれば他の船が見つけてくれる」

「なに言ってるのよ！　幻覚よ！　幻覚。そうでしょう!?」

「ああ。そうだ。幻覚だ。みのり。行け」

みのりは首を振るばかりだったが、風向きが幸いし、船が徐々に離岸していく。乾いた風が、大きくうねる。炎を煽り、船を運ぶ。

もう、腰まで海に浸かった。

名を呼ばれ、背に気配を感じる。背にも足にも手にも首にも。異人さんがぴったり纏わりつく。

お前らは、なんなんだ？

そして俺達の先祖は。この島に漂着したのは何者だったのか。

そもそも人間だったのか。目の前の異形と同一なのか、それともまったく別物なのか。

……これぱかりは理解しようと思ったことすら間違いだったのかもしれない。知識や理屈の及ばない存在を前にできることは、ただ受け入れることだ。

しかし間違っても、掴めたものもある。それで十分だろう。

俺達は異人じゃない。居場所がほしい。みのり。あんたは家畜じゃない。自分で生き方を選べるし、死に方も選ぶことが許される。

セイだって三年間も東京で無事に生活できたのだ。みのりだって、島の外に出られれば呪いから解放されるだろう。

――これが、俺があんたの代わりに考えることができる最後の、祈りにも等しい、仮説だ。

気がつけば腹から下の感覚がなかった。見間違えようもない自分の脚が体を離れ、海面を漂っている。やられたな。胃液が込み上げた感覚のままに口を開くと、海面に血液がたぷんと広がった。

「佳人！」

みのりの、泣き声のような叫び声に、はは、と笑顔で返す。

「みのり」

笑ったおかげだろうか。突然、視界が鮮明になり、全身の感覚が戻った。指の一本一本をゆっくりと動かし、鉛のように重い腕を持ち上げると頭の先から爪先まで鋭い痛みが走ったが、みのりの頬に触れた感触がすべてを打ち消した。耳の後ろに爪をかけ、小さな顔を引き寄せる。


おーい。ヨシさあん。遊ぼお。

——ああ、いいよ。

目の前で、喇叭草が乱れ咲く。その中に着物姿のみのりが佇んでいる。あれは会った日に着ていた珊瑚色の着物。柔らかな潮風を頬に受け、おさげ髪を揺らして、こちらを見る。抱き寄せた彼女のやわらかい体はあたたかく、丸い、澄んだ海面のような瞳に映る自分は、幸福そうに微笑んでいる。
今、手の中にあるのだ。
求めていたものが。
——待ちくたびれたよ。ここは、とてもあたたかいんだな。

やったあ。

終章

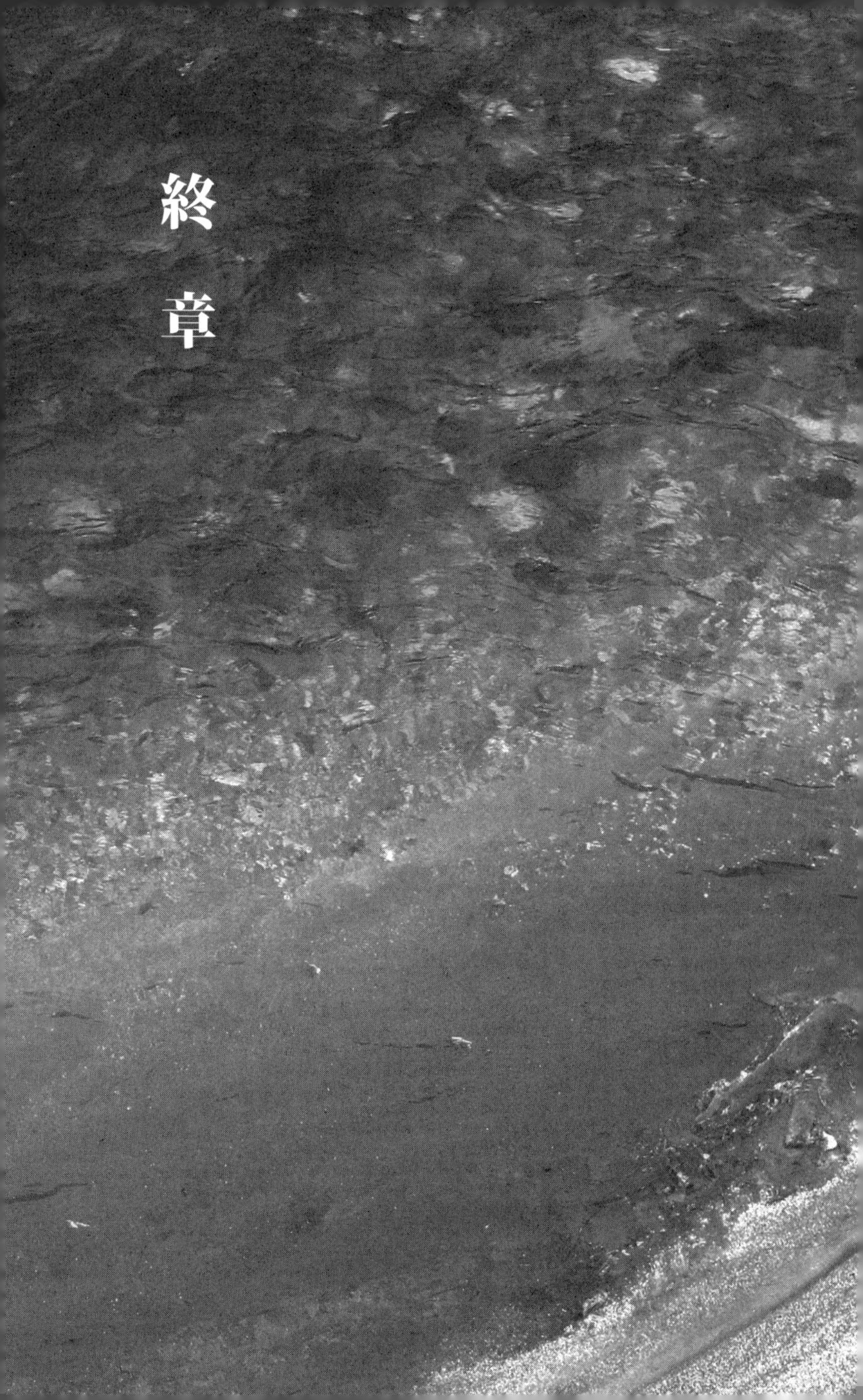

信号が赤に変わり、女はスクランブル交差点の横断歩道の前で足を止めた。英字のロゴの入ったTシャツに、細身のジーンズ。両耳にイヤフォンを嵌め、ひしめく雑踏の中で俯いている。ポケットのウォークマンから流れる陽気なJ-POPが、微かに音漏れして聞こえる。

二つ折りの携帯電話の画面には、インターネット上の掲示板の会話文が表示されていた。

〈島民全員が焼死した島があるらしい。知ってる?〉

〈俺の友人が行ったことある。島中に霊がいてヤバいって。マジで呪われるらしいよ〉

〈近場で船出せるヤツいない? 突撃しようぜ〉

彼女は素早く、携帯電話のボタンを押してメッセージを送信した。

〈そんなの出鱈目に決まってるじゃん〉

青信号になると、道路に一斉に人間が溢れた。彼女はポケットに携帯電話を突っ込み、決して顔をあげずに真っ直ぐに進む。何者にも興味がないように。すべてを遮断するように。

映画館の前に差し掛かったとき、彼女は立ち止まった。目を奪われたのは、ビルの壁に貼られたポスターの一枚。緑鮮やかな自然を背景に、家族が並んで立っているポスターには、細い手書き風のタイトル文字で『ファミリーフォトグラフィ』と書かれている。


「大人、一人」

券売窓口で、彼女は小さくそう言った。

一人、映画館の座席に着く。周りには家族連れや恋人同士、友人グループがそれぞれ楽しそうに映画のはじまりを待っている。

穏やかな映画だった。あたたかな家族。気はいいが奔放な父と、よく笑うしっかり者の母。口うるさい姉と、無邪気な妹。少しやさぐれた弟。主人公の男性は、個性豊かな面々に翻弄されながらも、持ち前の明るさで家族の絆をたしかにしてゆく。

映画はやさしくラストへ向かう。父が病に倒れるが、家族は決して明るさを失わない。手と手を取り合い、日々の暮らしに幸せを見つけて、共有し、笑い合うのだ。

子ども達みんなが生まれ育った家で、父親はゆっくりと眠りにつく。誰からともなく、歌をうたいはじめる家族。その歌声はだんだんと大きくなり、家族のハーモニーとなり、カメラワークが上から家族を俯瞰するように切り替わり、だんだんと遠ざかり、父も、取り囲む家族も、生まれ育った家も、村も、蝋燭の灯火も、海も、山も、美しさのなかに消えていく。

エンドロールが流れ終わっても、彼女はしばらく席を立たなかった。


——みのり。


彼の声が、私の名を呼ぶようだった。

彼はもうどこにもいないのに、雑踏のどこにも、亡霊はいる。夢か現か、幻か。杳《よう》として掴めない因果の道理の果てに、彼らは蜃気楼のように揺蕩う。

東京の喧騒では彼らの声は届かないし、人ごみに紛れれば姿だって見えない。聞こえなければ、見えなければ、いないのも同然だ。

——ここも、島と変わらない。

気を抜けば情報の海に溺れそうになる。いつだって虚実が入り混じる街では、真実は霞んで掴めない。だから、信じるものを信じて生きる。生まれもった枷は捨てて、今、自分の足で歩く。自由に。生きてみせるわ。


——だから見ていてね、佳人。

映画館を出た彼女の携帯電話から、軽快なメロディーが流れた。

「もしもし。あら、小車さん？　私、今観たところです。そうそう。それで明日の待ち合わせですけれど――」

明るく笑いながら、俯いて歩く彼女の姿は、高層ビルの谷間を縫うように溢れる人波に紛れ、やがて見えなくなった。

了

著者あとがき

本書を手に取ってくださり誠にありがとうございます。

はじめまして、緒音百です（おおと・ももと読みます）。このたび第三回最恐小説大賞をいただき、本書がはじめての出版作品となりました。初心者マークつきの物書きのことを、記憶の片隅に留めていただければ幸いです。受賞のご連絡を受けたときは夢ではないかと信じられない気持ちでしたが、このあとがきを書きながら、ようやく実感が湧いております。

子どもの頃からの夢を叶えた今、あらためて昔を思い返してみますと、どうにか異界への扉をこじ開けようと試行錯誤した幼少期でした。図書館で怖い本を読み漁った放課後、七不思議を探してこっそり忍びこんだ旧校舎、禁止令をだされるまでやったこっくりさん、何度も挑戦して曲がらなかったスプーン、事あるごとに実践したおまじないの数々、友達に怪談を聞いて回った日々。そして大人になった現在も、怖い話を読み、聞き、集め、書き、なんだか子どものまま年を重ねてしまったなあと思います。

本作の舞台である陽炎島は、個人的に縁のある長崎県佐世保市の島々からイメージを膨らませて創り上げました。島を舞台にしたホラー、ミステリーはすでに多くの素晴らしい作品によって一大ジャンルが築かれており、そこに連ねられるものが書けたかどうか自信はまったくありません。しかし孤独な主人公を心安らげる場所に帰郷させることができ、まずまずの達成感を覚えています。

死はおわりではなく、その先にもきっと何かがあるはず……と私は信じています。その「何か」が「何」なのか生きているうちはきっとわからないのでしょうが、ままならない人生を生き抜く上で、その考えはささやかに日々を支えてくれています。仮に何にもなかったにせよ、ひとりひとりの生きた痕跡がかならずどこかに残るのは間違いありません。時間は地続きですから。

無邪気に異界を探していた子どもは、こうして怖い話を生きがいに文章を書く大人になりました。扉を無理に開けようとしなくなったことは、僅かな成長でしょうか。今は向こうが扉を開けてくれるのをじっと待っています。もし怖い話をお持ちの方がいらっしゃいましたら、お気軽にご連絡いただけますと嬉しいです。

最後に、この本の出版にあたって、未熟な私をフォローしてくださった編集のO様、エブリスタ掲載時から応援してくださった皆様、関わってくださったすべての方々に感謝を申し上げます。

また、どこかでお会いできることを祈って。

二〇二四年六月

緒音百

かぎろいの島

2024年6月27日　初版第一刷発行

著者……緒音百
装幀……坂野公一＋吉田友美（welle design）

発行所……株式会社　竹書房
〒102-0075　東京都千代田区三番町8-1　三番町東急ビル6F
email: info@takeshobo.co.jp
https://www.takeshobo.co.jp

印刷・製本……中央精版印刷株式会社